Salut Galarneau !

Galarneau est un drôle de bonhomme. Il tient un snack-bar dans un vieil autobus et vend des hot-dogs. Bien sûr il s'intéresse à son commerce mais, en même temps, il pense à beaucoup d'autres choses. A son père, lui aussi un drôle de bonhomme, à ses frères, à son enfance. Ses amours vont tant bien que mal. Marise est appétissante mais on tourne autour d'elle. François Galarneau la défend mal contre les assauts de Jacques, son frère, beaucoup plus enhardi. Et puis Galarneau écrit des poèmes. Il faut bien s'occuper entre deux fritures. Ses projets sont vagues et sérieux en même temps jusqu'au jour où Galarneau oubliera tout pour s'emmurer vivant dans sa maison. Ce qui lui manquait, c'était de construire une vie, sa vie qui s'en va de tous les côtés, qui prend l'eau comme un navire échoué au fond d'un bassin. On aime bien Galarneau. Mais où est Galarneau ? Dans la lune, dans ses petits cahiers, dans son langage québécois dru et savoureux ? On aimerait serrer la main de Galarneau.

Jacques Godbout est né au Québec en 1934. Poète et romancier, il s'est engagé très tôt dans le grand mouvement de libération et de prise de conscience des intellectuels québécois aux alentours des années soixante. Réalisateur de nombreux films, il est aussi un essayiste perspicace et un polémiste redouté.

Du même auteur

Jacques Godbout

Salut
Galarneau !

roman

Éditions du Seuil

TEXTE INTÉGRAL

EN COUVERTURE : photo Archives municipales
de Montréal, droits réservés

ISBN 2-02-005454-X
(ISBN 2-02-001086-0, 1re publication)
(ISBN 2-02-005334-9, 2e publication)

© ÉDITIONS DU SEUIL, 1967

Pour Maurice Nadeau,
celui de Saint-Henri.

Il fallut que Colomb partît avec des fous pour découvrir l'Amérique. Et voyez comme cette folie a pris corps, et duré.

ANDRÉ BRETON.

CAHIER NUMÉRO UN

A

Ce n'est vraiment pas l'après-midi pour essayer d'écrire
un livre, je vous le jure, je veux dire : ce n'est pas facile
de se concentrer avec la trâlée de clients qui, les uns
derrière les autres, se pointent le nez au guichet. Aujour-
d'hui, ce sont surtout des Américains en vacances, ils
viennent visiter la belle province, la différence, l'hospita-
lité *spoken here,* ils arrivent par l'Ontario : je dois être
leur premier Québécois, leur premier *native.* Il y en a
même — c'est touchant en sacrement ! — qui s'essayent à
me parler français. Je les laisse se ridiculiser, je ne les
encourage pas, je ne les décourage pas non plus. Je veux
dire : que les Américains apprennent le français à l'école
et qu'ils viennent tenter de le parler par ici, au mois
d'août, c'est leur plus strict droit. C'est toujours bon de
vérifier si l'instruction que l'on a reçue peut être utilisa-
ble. Pour ma part, celle que j'ai subie ne valait même pas
le déplacement à bicyclette. Je l'ai vérifié en cherchant du
travail, en regardant autour de moi, en tentant d'être
heureux.

Ce n'était pas une question d'intelligence. Je veux dire, *je pense* que ce n'était pas *vraiment* une question d'intelligence. Si j'ai abandonné les études, c'est qu'elles ne me disaient plus rien. Elles ne me parlaient plus, elles étaient comme des statues dans une chapelle : le regard fixe, de la poussière sur les épaules, indifférentes à l'écho de mes toussotements discrets. Les livres étaient vides, le tableau noir était gris, ma tête était vide, comme une bouteille de Ketsup après trois jours de comptoir. Ce n'était pas mon intelligence qui s'en allait : c'était l'ennui qui venait, s'allongeait, prenait toute la place, comme un gaz réchauffé dans une cornue en laboratoire. J'y mettais tout mon cœur, toutes mes forces, pourtant. Mais sans Jacques ni Arthur, je ne savais que faire.

C'était la première fois que papa permettait que l'on sépare les vampires : Arthur au séminaire de Sainte-Thérèse, Jacques en France, François à Montréal. Bien sûr, on ne pouvait tous aller en Europe d'un seul coup. C'est Aldéric qui payait, papa n'en avait pas les moyens. Quand même ! La France, j'y serais bien allé, pour être avec Jacques, pour voir les Champs-Élysées.

De mois en mois, mes notes baissaient. Je ne me rendrais certainement pas au troisième trimestre à ce trot-là. Je venais à la maison tous les dimanches, mais j'étais seul dans notre chambre, seul dans la rue, seul au restaurant, seul au cinéma. C'était la première fois que je prenais conscience qu'à vivre les uns pour les autres, nous ne nous étions jamais fait d'amis. Oh ! des connaissances, bien sûr, des gens d'une blague, d'un comment ça va les études ? Ça n'allait pas, il n'y avait rien à dire, je ne disais rien, je rentrais au collège à sept heures ces soirs-là.

Jacques faisait le boy-scout, il m'écrivait de Paris des lettres, une par semaine, dirigeait ma vie, mes études, régimentait mes pensées. Il ne voulait pas que j'abandonne. Je n'abandonnerais pas. Depuis si longtemps qu'il avait raison, il était le chef, il réussissait tout ce qu'il voulait, comme en se jouant. La vie lui était une grande partie de bowling, avec dix quilles à terre, les yeux fermés. Moi, c'était plutôt le dalot, les yeux ouverts. J'ai gardé toutes ses lettres, et les cartes en couleurs qu'il postait à la famille depuis Berlin, Madrid, la Côte d'Azur. Je les ai conservées dans une boîte de chocolats vide, une vieille boîte de *Black Magic* qui a l'odeur de maman. Je devrais peut-être copier ici une lettre, pour qu'on se comprenne. Il avait du style, c'était déjà un écrivain. Je regarde la date : ça ne nous rajeunit pas.

Paris, le 7 avril 1958

Cher vampire trois, tu as fait tes prières ? Eh bien, tu perds ton temps, Dieu n'existe pas, c'était écrit dans un bouquin que j'ai acheté sur les bords de la Seine. Je vais te le poster, tu verras. Comment t'amuses-tu, ces jours-ci, avec tes vieux jésuites ? Si tu t'amuses, tu as tort, parce que ce sont des sorciers qui te distraient pour mieux te manger, mon enfant. Il y a deux jours déjà (tu as sûrement remarqué que j'étais en retard dans ma correspondance et, pourtant, tu sais comme je suis d'un naturel ponctuel), il y a deux jours déjà, donc, j'allais t'écrire pour te souhaiter de joyeuses Pâques et te dessiner dans la marge un lys pur et

blanc comme ton âme très chère, mais le courage — ou
plutôt le temps — m'a manqué à la dernière minute, au
dernier moment qui est toujours celui de l'agonie, comme tu
dois t'en douter. Où en étais-je ? Ah oui ! J'allais donc
t'écrire, j'étais descendu au café pour ce faire puisque ma
chambre, ces jours-ci, est humide comme une crypte à
miracles. Je me calai dans un siège de rotin sous une
chaufferette électrique (rouge, bien sûr, incandescente) qui
me tenait lieu d'astre solaire — à Paris, te l'ai-je déjà dit,
quand vient le soleil, c'est un soleil de fumée, gris comme
une truite, avec des côtés arc-en-ciel dans les petites rues du
quartier Saint-Michel — assis, je sortis mon bloc de papier
par avion (pelure d'oignon, du papier à faire pleurer, du
papier à lettres d'adieu ou à recettes de cuisine) et voilà que
pendant que ma main allait à la recherche de ma
waterman prise quelque part dans mon imperméable (je te
parle de ma vieille waterman grise et bleue), voilà donc
qu'elle entra et vint s'asseoir à une table voisine, en biais,
sa tête se reflétant dans une glace. Elle *commanda un café*
(à Paris, c'est toujours un expresso et on te le sert dans des
tasses à poupées, enfin…), elle *sortit de son sac à main, tu*
devines ? Un stylo et une tablette de papier… (son papier
était visiblement de moins bonne qualité que celui que
j'emploie, c'est justice, mais cela mérite d'être souligné, on
n'est pas canadien en vain, les papiers, les moulins, c'est
notre force). Tu saisis aisément, je n'en doute pas, comme
je fus frappé du ridicule et de l'incongruité de la situation :
nous étions tous les deux solitaires et, pour parler, *réduits à*
écrire. J'ai refermé la tablette, que j'ai rouverte tout à
l'heure seulement, j'ai commencé, bien sûr, par lui deman-
der du feu, et puis si elle écrivait à son fiancé. " Non, m'a-

t-elle dit, à ma mère qui est en Algérie. — Vous êtes seule à Paris ? " Etc. Je te fais grâce du cafouillage. Elle s'appelle Jeannine et j'ajoute seulement que nous sommes désormais ensemble (elle avait l'avantage insigne d'habiter un appartement) et que je me cultive en sa compagnie. Je me dégrossis, ce que je voudrais bien te voir faire, et c'est là notre drame québécois : pour réussir une entreprise de dégrossissement, il faut des instruments. Les vieux jésuites phtisiques ne valent pas Jeannine qui pourrait dégrossir ce qui grossit dans tes culottes britcheuses. J'en viens donc, François, à ton problème ; depuis trois lettres déjà, tu me répètes la même chose : tu ne peux plus étudier, tu ne réussis pas, tu te retrouves victime du système. Ce que, d'une part, l'on veut que tu apprennes te laisse froid, ce que, d'autre part, tu veux savoir, ils ne l'enseignent pas. Puis-je te citer mon poète préféré ? Rimbaud écrivait lui-même, tu te rends compte, Rimbaud ! il y a longtemps :

" Pourquoi, me disais-je, apprendre du grec, du latin ? Je ne sais. Enfin on n'a pas besoin de cela ! Que m'importe à moi que je sois reçu ? A quoi cela sert-il d'être reçu ? A rien, n'est-ce pas ? Si, pourtant ; on dit qu'on n'a une place que lorsqu'on est reçu. Moi, je ne veux pas de place ; je serai rentier. Quand même on en voudrait une, pourquoi apprendre le latin ? Personne ne parle cette langue. Quelquefois j'en vois, du latin, sur les journaux ; mais, Dieu merci, je ne serai pas journaliste.

" Pourquoi apprendre et de l'histoire et de la géographie ? On a, il est vrai, besoin de savoir que Paris est en France, mais on ne demande pas à quel degré de latitude. De l'histoire : apprendre la vie de Chinaldon, de Nakopolassar, de Darius, de Cyrus et d'Alexandre et de leurs autres

compères remarquables par leurs noms diaboliques, est un supplice. Que m'importe, à moi, qu'Alexandre ait été célèbre! Que m'importe?... Que sait-on si les latins ont existé? C'est peut-être, leur latin, quelque langue forgée; et quand même ils auraient existé, qu'ils me laissent rentier et conservent leur langue pour eux! Quel mal leur ai-je fait pour qu'ils me flanquent au supplice?

" Passons au grec. Cette sale langue n'est parlée par personne, personne au monde!... Ah! Saperlipote de saperlipopette! sapristi! moi, je serai rentier; il ne fait pas si bon de s'user les culottes sur les bancs, saperlipopet-touille!" Rimbaud!

Tu vois, François, comme tu es en bonne compagnie! Je comprends très bien ce que tu ressens, nous y sommes tous à peu près passés, avec les mêmes haut-le-cœur, mais si tu lâches les cordes maintenant, tu vas perdre le traîneau, tu ne pourras pas aller à l'Université et devenir — qu'est-ce que c'était, ta dernière marotte? découvrir le lien entre le singe et la femme? Comment dit-on cela? Anthropologue? C'est con, mais c'est comme ça.

Je pense que le plus simple serait de continuer, de t'obstiner, et pour occuper le temps, je t'enverrai d'ici des livres merveilleux, dont tu ne peux soupçonner l'existence. Tu oublieras le soir la bêtise des casuistes. Tu comprends, François: endure, lis, chante, crie, mais passe à travers, sapristoche! C'est important pour toi. Avec ton don pour la musique (ah! ah!) tu ne voudrais tout de même pas poursuivre la carrière de chantre de papa? Si tu quittes le collège maintenant, il ne t'arrivera rien de bon. Bien. Tout ça commence à sentir le sermon et je n'aime pas ce genre littéraire, tu le sais. Pourtant, sache bien que si je suis aujourd'hui dans d'aussi beaux draps (avec Jeannine) dans un hôtel de Paris, c'est que j'ai eu — oui — le courage d'étudier chez les mêmes curés. Un jour, toi aussi, tu leur feras payer leur arrogance ou leur paternalisme, touchant quelque pourcentage de chair sur les rives de la Seine ou de la rivière Thames.

Voilà. Tu m'excuseras. Cette lettre est plus longue que les autres et moins enjouée, peut-être. Un jour, tu te diras : c'était la plus importante de toutes. Je te fais, en mon nom et en celui de Jeannine qui t'embrasse, nos vœux printaniers, par Jésus-Christ notre Seigneur,

Jacques

P.S. : Si tu es d'accord pour les bouquins, écris-moi un oui *sur une carte postale, et je démarre.*

La lettre la plus importante... peut-être, oui. Mais son Rimbaud a fini dans le commerce, j'y suis aussi. En bonne compagnie ! J'aurais dû l'écouter, m'y mettre, comme un forcené ; le destin veillait, lostie de baptême de destin ! qui avait décidé dans sa petite tête obtuse : Galarneau ne sera jamais ethnographe, géographe, anthropologue ou sinologue, il lira le *National Geographic Magazine,* s'il veut voyager.

Aussi c'était le printemps, le printemps tardif et soudain, comme un tour de rein, une dégelée que je n'oublierai pas. Après des mois de neige, le soleil, en deux jours, nous avait offert Venise, ses canaux, ses égouts, sa lagune, ses eaux. Les caves étaient transformées en baignoires, les patinoires en piscines.

Dès le dimanche — j'étais à la maison — papa, pris d'une joie d'enfant, partit entre les glaces sur le lac pousser son *Wagner III* et voir comment la coque avait supporté l'hiver. Le bois qui s'était desséché sous les toiles n'avait pas encore renflé, mais il vidait d'une main le bateau, de l'autre, il orientait le gouvernail. A deux cents pieds des berges, il coula soudain à pic, comme un trois-mâts au cinéma. Un naufrage rapide, le temps de faire fondre une aspirine dans un verre d'eau. Ses copains l'ont sorti de l'eau vivant, grâce à un vieux radeau monté sur barils d'huile, il était frigorifié, blanc presque bleu, il gigotait comme une anguille en gueulant. On l'a soigné au gin chaud et à la moutarde sous des couvertures de cheval, il n'a pas dessoûlé de dix jours, puis ç'a été la pneumonie.

Je ne l'ai pas revu vivant, je ne me souviens que d'un bras qu'il agitait, couvert de gerçures et de chair de poule. Au sortir de l'eau je n'avais pu lui parler, à cause de tout ce monde autour sur le quai, comme des mouches à miel. Pauvre papa ! Il était encore bon pour au moins quarante ans, baptême de printemps. Il y a des fois où je voudrais arrêter les saisons, stie. Les bloquer, leur mettre un bois aux roues, leur péter les broches. Papa avait aménagé son bateau pour être heureux, heureux comme un homosexuel en prison ; son bateau c'était lui ; au fond, l'un n'aurait pu survivre à l'autre.

C'est la veille de l'enterrement de papa, que j'ai quitté le collège, c'était un mercredi. Arthur m'attendait à la gare, on a pleuré ensemble. Jacques ne savait même pas, il n'avait pu être rejoint, il était quelque part en Espagne. Arthur n'a pas dit un mot jusqu'à la maison, nous nous sommes enfermés dans le dortoir. Maman avait fait exposer le corps dans le salon rouge, où l'odeur douce-reuse des fleurs se mêlait à celle, plus subtile, des chocolats. Elle avait préféré notre maison à un salon mortuaire parce que cela lui évitait de s'habiller. Elle n'est pas venue à l'église. Aldéric nous y a amenés. C'était son fils, son fils unique, il n'allait pas l'aban-donner.

Je suis entré à l'église derrière le cercueil avec une peau de pêche aux joues. Au sortir de la cérémonie, j'avais une moustache. Je ne suis plus jamais retourné en classe, j'en aurais été incapable, j'avais atteint ma jetée, plus rien dans les manuels n'aurait pu me rejoindre. Ce n'était pas une question d'intelligence, je veux dire : j'avais envie de bouger, de toucher des choses, de parler avec les gens.

Bon. Ça suffit les attendrissements, les attroupements de mots larmoyants autour de ma ball-point North-rite. Une bille dure, des mots doux. Stie. C'est de la folie.

U

Une armée d'allumettes de carton? corps blanc cireux,
uniforme d'hiver, têtes hautes, têtes bleues, dans un étui
rouge : *Thank you* merci, *Come again* au revoir, *Close
Cover Before Striking,* baissez la tête avant de frapper,
j'en prends trois douzaines. Ce sont des boîtes de vingt-
cinq? Vous imprimerez mon nom en lettres dorées sur le
paquet, à l'intérieur plutôt, comme ça j'aurai mon
substantif dans des centaines de poches de vestes à
carreaux en tweed, en cuir, en laine peignée, à Montréal,
à New York et jusque dans l'Illinois. Hier encore, j'en ai
vendu à un ramasseur dont le camion arborait une plaque
orange de là-bas, un écriteau presque, avec plus de lettres
AMXE que de chiffres (je ne me souviens plus lesquels).
Bordel je n'ai jamais eu de mémoire.
 — Faut manger du poisson.
 — Ça aide vraiment, je veux dire, ça donne...?
 — Ou du phosphore.
 — J'en ai sur les aiguilles de ma montre.
 — Le temps passe, je dois partir.
 — Je peux vous lire un poème?
 — La prochaine fois, je suis pressé.

— Je vais le dire aux mouettes, alors.

— Qu'est-ce qu'elles font là?

— C'est à cause du pain et des déchets, elles viennent du fleuve, sûrement. Quand elles volent, elles sont belles comme des avions de papier, mais à terre, on voit que ce sont des charognards, elles se battent pour un bout de saucisse, à grands coups de bec jaune.

— Je reviens jeudi prochain.

— Elles amusent les enfants, c'est bon pour le commerce, je ne m'en plains pas. Salut!

Mais ce n'est pas mon oiseau préféré. Mon oiseau préféré, c'est la corneille bleue. J'y reviendrai, si j'ai le temps, si je me retrouve dans mes papiers, dans mes notes, dans mes portraits, mes comptes, mes contes, mes brouillons, mes pensées, mes mots, mes poèmes qui sont comme des tas de sable : ils sèchent et s'affalent à mesure au soleil et au vent. C'est la troisième journée d'août, chaude comme un calorifère de couvent. Sur la nationale noire, le macadam crée des mirages, les arbres sont des fleurs, les autos, des baluchons, les enfants, des oignons bouillis. Seul au bout du champ, à l'ombre d'un orme énorme, sur ses pattes comme sur quatre piquets, dort Martyr ; il doit avoir des mouches plein les naseaux et de la sueur aux épaules. A chaque instant, j'essuie mes paumes sur mon tablier ; sans bière glacée, je pense bien que je n'arriverais jamais à écrire. Cochon de pays. Tu gèles ou tu crèves, jamais de milieu, tempérez vos jugements! J'emmerde Jacques Cartier! Je rêve de voir Johnson ou Lesage empalés, c'est tout ce qu'ils méritent, je veux dire, c'est une baptême de folie de rester ici. Je les ferais empaler sur une croix copte, et, encore, je ne suis pas méchant. Mais il y a des midis où le sang me monte au nez comme de la moutarde : nous avons trop aimé, trop pardonné, c'est pas une façon de vivre, c'est encore moins une façon d'écrire un livre.

L'idée de faire un livre, ça ne m'est pas venu tout seul. Je ne suis pas de ceux que visite l'Esprit saint un beau matin pour leur dire : votre femme est enceinte et ça n'est pas du voisin, ça n'est pas aux couilles d'Henri non plus qu'il faut vous en prendre, soyez bon, Joseph, c'est la semence de Dieu qui a fait son chemin. Je ne suis pas comme ça, je marche à coups de pied au cul comme dans l'armée, comme un député. Bien sûr, je suis une victime de l'instruction obligatoire, et ça doit jouer dans mon histoire. Pas d'instruction, pas d'ennuis, parce que, quand on est instruit, on veut comprendre, on rêve, on fait des plans, on lit, on est malheureux, on est inquiet. Les sacrements. L'instruction obligatoire, c'est une idée de bourgeois, une idée de gens riches qui s'emmerdaient à se poser tout seuls des questions, sans toujours trouver la réponse. Les autres — dont j'aurais été il n'y a pas cent ans — pouvaient jouir innocemment, merveilleusement de la vie. Ils se sont dit, les riches, obligeons les pauvres à savoir lire, écrire, compter, parler latin, à apprendre le cosinus et le sinus d'un angle, qu'est-ce qu'une presqu'île, à quoi doit servir le manganèse, si le monde est en expansion et notre système solaire l'un des plus petits du cosmos, où se situe l'enfer, quelles sont les cinq grandes races et qu'avez-vous fait des peaux-rouges, stie de sauvages, comment l'industrialisation s'est-elle implantée en Californie ? Prenez votre règle à calcul : si deux hommes quittent le point petit *b* à bord, disons, d'un

véhicule gris que nous appellerons x et à une vitesse y, le
berceau de la civilisation occidentale a-t-il été témoin des
chants asiatiques ? puisque l'atome se subdivise en pro-
tons et neutrons et que ceux-ci par ailleurs, qu'arrive-t-il
si deux lapins aux yeux bleus et dix lapines dont le
caractère récessif serait du poil long... Les gens instruits
savaient ce qu'ils faisaient. Partageons les fardeaux lourds
à porter : ce n'est pas une raison pour partager l'argent.
L'idée de faire un livre, ça ne m'est pas venu tout seul, ni
en livrée, ni par courrier.

Depuis longtemps, je devais en avoir besoin, pour me
vider, j'étais trop plein mais j'aurais pas osé. Non
vraiment. Bien sûr, j'avais entendu parler d'un chauffeur
de taxi qui avait publié, comme dans un roman, des
aventures qui lui étaient arrivées avec son taxi, l'accou-
chement d'un gros garçon de sept livres et trois onces, sur
le siège arrière de sa Chevrolet parisienne, et le chômeur
pacté à qui il avait évité un suicide en se trompant de
porte un matin, un jour de pluie, et puis il racontait aussi
des choses intimes sur ses clients, telles que ceux-ci
s'étaient crus obligés de les confesser, vu que son taxi
était au milieu d'un embouteillage, probablement, et que
ça porte à la confidence, une automobile immobile.

Mon frère Jacques — cinq pieds, dix pouces, cent
quatre-vingts livres, de trois ans mon aîné, son oiseau
préféré c'est l'étourneau — m'a parlé lui aussi d'un livre,
publié, à Paris, France. C'est l'histoire d'une matrone
retirée des affaires, une voleuse aussi, je ne suis pas sûr,
je ne l'ai pas encore lu, mais il a promis de me l'apporter.
Il dit que tout ce qu'elle raconte est vrai, authentique,
documentaire. Elle parle des vices de ses clients, souvent

des étrangers. Il y en a un qui se faisait badigeonner de colle puis demandait aux filles de le couvrir de plumes d'oreiller pour qu'il puisse tout nu comme un coq chanter le soleil dans les petits corridors verts de l'hôtel. Il dit que c'est plein de vices, de vicieux, comme on n'en a pas encore inventé par ici, mais le cardinal ne perd rien pour attendre. J'ai l'impression que le jour où on va se déviçer le Canadien ça va faire des flammèches comme des roues de trolley sur les fils givrés en plein février. Ça va pas être piqué des vers nos pommes quand on va se laisser aller au serpent! Pour l'instant, le serpent a l'air d'un beau cave parce que la Vierge Marie la mère de Jésus dans sa robe bleu poudre, des étoiles jaunes au front, l'écrase sur toutes les images pieuses d'un grand coup de talon, comme on écrabouille une souris coincée sur un prélart de cuisine : on monte sur une chaise, on prend son élan et puis crouche! elle n'a pas même le temps de nous voir venir. Aujourd'hui le serpent n'est pas encore capable de se secouer, mais il s'est échappé en France, et puis en Angleterre, il va sûrement trouver un moyen, le serpent, de se glisser jusqu'à nous, quand la Vierge Marie la mère de Jésus aura la jambe ankylosée. Stie. Tout le monde peut avoir le pied ankylosé un jour.

Si j'avais été médecin, je ne dis pas. Je veux dire, j'aurais eu des connaissances particulières de la psychologie des gens. Il y a des tas de médecins qui écoutent leurs patients patiemment, puis ils arrangent ça avec du sel, de la chapelure et de l'imagination. Ça vous prend aux tripes comme un ragoût trop gras, des gens qui souffrent ça ne peut rien cacher au praticien alors que, moi, les contacts avec les clients c'est plutôt : Salut, Galárneau! Donne-moi donc un hamburger avec des oignons crus puis de la relish verte...

– C'est Marise, je pense, qui en a parlé la première. (Marise, elle, son oiseau préféré, c'est le chardonneret, mais il y en a peu cet été, comme s'ils avaient su qu'il ferait si chaud. Ça la rend triste. Le chardonneret c'est un gage de bonheur, de liberté ; Marise est belle comme un oiseau-mouche planant au-dessus d'un iris.) Moi, je me suis dit : si des gens lisent ton livre, ça va te faire de la publicité, une baptême de publicité comme c'est pas souvent qu'on en voit dans le commerce des patates. Ça s'est passé sur cinq jours, un peu plus peut-être. Elle disait :

— François, tu lis tout le temps, même des choses inutiles. Je suis venue hier après-midi : tu lisais depuis deux heures sans avoir été dérangé par un seul client. A quoi bon lire comme tu fais ? Une vraie véritable folie ! Tu prends même des notes sur les serviettes de table, puis tu jettes tout ça aux vidanges. Avec ton instruction, moi, j'écrirais un livre, il me semble que ça t'occuperait, et puis je ne sais pas, moi, tu pourrais être quelqu'un : tes deux frères ont une réputation. Toi, tout ce que tu fais c'est attendre que les mouches se collent à la mélasse du tire-bouchon, les deux pieds sur une boîte à beurre, le nez dans un *Reader's Digest*, au beau milieu d'un stand en aluminium sur le bord de la route...

Je ne me souviens pas *exactement* de toutes ses paroles, mais c'est le sens de son discours. Je veux dire, elle savait que j'écris depuis longtemps des poèmes, en cachette, mais elle ne voulait pas m'en parler, elle a choisi de me piquer par l'orgueil, la fierté des Galarneau. Je me sentais

un peu comme une porte avec dessus : " *push,* poussez ",
elle poussait. Les femmes veulent toujours être la George
Sand de Musset, la Simone de Beauvoir d'un Jean-Paul
Sartre. Je veux dire, mon stand, c'est un refuge ; j'y suis,
j'y reste. Ils m'ont instruit ? Très bien, mais qu'ils me
sacrent patience, j'aime la vie simple et l'odeur des frites.
Pourquoi faire un livre ? Pour le vendre à Hollywood ?
Stie. Ils nous font assez de tort avec leur maudit cinéma.
Encore il y a deux semaines, j'allais fermer boutique,
c'était un mercredi, minuit à peine. Je venais d'écouter les
nouvelles à la radio, ma caisse était faite, le poêle
nettoyé. Je me retourne vers la porte pour partir et
j'arrive face à face avec trois gangsters de cinéma qui
voulaient la recette de la journée. Des gueules pleines de
boutons, des yeux nerveux, un tuyau de plomb chacun. Je
leur dis :

— Les gars, ou je vous donne les quatorze piastres que
j'ai faites ce soir, ou je vous présente à mon frère qui écrit
pour la télévision des séries policières et qui cherche des
acteurs.

Ils ont dit :

— On veut voir ton frère.

C'est ça, la mauvaise influence du cinéma. Les gens ne
vont plus au bout de leur pensée. Faudrait empaler
Bogart à côté de Johnsage, sur deux poteaux, à l'entrée
de Ville-Marie, pour faire peur aux sauvages.

R

Marise et moi, on est accotés depuis deux ans. Elle est heureuse, elle n'a besoin de rien. C'est peut-être pour cela qu'elle m'a pris par les épaules pour me faire écrire. Le jour où j'en aurai assez d'elle, je vais voir mon oncle Léo, qui est taxidermiste, et je la fais empailler. Je ne sais pas si vous avez vu ses pièces montées, c'est toujours des trouvailles, il a du génie plus que du talent. Il aurait pu être sculpteur sûrement, il aurait fait des tonnes d'argent comme le grand-père de Donald Duck. Je veux dire : il aurait pu vendre des sculptures comme on en voit dans les livres d'histoire ou dans le *Larousse* : Diane chasseresse, par exemple, avec les seins fermes, une flèche dans une main, le carquois sur les fesses ; ou bien, il aurait pu faire des monuments aux morts. Il a un talent fou, Léo Galarneau, mais sa maladie c'est les animaux empaillés. Je ne dis pas qu'ils ne sont pas réussis ils ont toujours, au contraire, l'air plus vivant encore quand il en a fini qu'avant, quand ils couraient dans les bois. Si je dis qu'il aurait pu être sculpteur, c'est parce qu'il ne se contente jamais de simplement rembourrer un castor et lui mettre un morceau de bouleau entre les dents, il ajoute toujours

quelque chose de son cru : pour le castor — c'est un petit
animal — il se satisfait de lui glisser dans le ventre un
magnétophone à transistors, un appareil japonais je
pense, parce que les Japonais en font de tout petits. Ce
sont des gens qui aiment les miniatures, c'est vrai qu'ils ne
sont pas grands eux-mêmes. Pour le ruban, il a enregistré
les râles du castor, les cris des grives, le chant de
l'engoulevent, les coups de queue sur l'eau, le chuchote-
ment des chutes, tout ce qui lui passe par les oreilles. Et
puis, c'est un poète : alors, le castor est là, sur son bloc de
plâtre, il vous regarde avec ses yeux de rat qui a pris de
l'opium — il fabrique lui-même les yeux avec des pierres
et du plastique — et puis vous entendez la forêt ; un drôle
de tête-à-tête, c'est mieux qu'un castor vivant.

Je lui ferais empailler Marise toute nue — tiens ! avec
un chapelet au cou, mais je laisserais Léo me suggérer la
position, les détails. La semaine dernière, j'ai vu chez lui
un ours blanc monté debout dans son salon. C'est grand
en baptême un ours blanc. Il lui a donné un air, une allure
terrible comme s'il allait sauter sur le premier venu, la
gueule grande ouverte ; ça, les gueules, il a de la
difficulté. Je ne sais pas pourquoi, mais je crois que c'est
la couleur, le rouge qu'il emploie dans le palais, c'est trop
fade avec les dents qui sont toujours blanches étincelantes
comme dans une annonce de Colgate au gardol. On
empaillerait Marise la bouche fermée, voilà ! — dans son
salon, l'ours blanc est un chef-d'œuvre, il vous gèle sur
place, mais ça n'est pas assez pour mon oncle Léo : il a
creusé la poitrine du plantigrade et quand on fouille dans
les poils, on trouve une petite poignée : le poitrail ouvert,
l'ours blanc devient un réfrigérateur, un bar avec de

l'espace pour les olives, les verres, les liqueurs, la bière, la glace. C'est merveilleux de voir un ours qui vous donne envie de boire un Martini. L'année dernière, mon oncle a transformé un orignal entier en bibliothèque pour le juge Trahan, qui ne voulait pas que ses enfants feuillettent les revues cochonnes qu'il rapporte de New York, aux vacances de Pâques... un génie! Il faudrait que je le voie plus souvent, il a pour la langue française les respects d'un homme d'Église. C'est un puriste : pour lui, le français c'est comme un opéra dans lequel il ne peut souffrir de fausses notes. Sacré Léo! La grammaire c'est Dieu le père et le président des USA tout en même temps. C'est pourquoi il voulait que j'installe une enseigne qui se lise : *Au roi du chien chaud.* Vous voyez ça d'ici? Je veux dire : c'est quand même un peu ridicule et ça me fait vomir rien que de penser à un chien chaud — servi avec de la moutarde French ou du Ketsup Heinz 57 variétés.

Marise, elle, insistait pour que je choisisse plutôt *Chez Marise,* comme preuve d'amour qu'elle répétait, et puis par coquetterie sans doute. Mais je me suis dit que si je quittais Marise un jour ou bien si elle décidait de me laisser tomber comme un vieux manche de pelle, il faudrait alors que je fasse reprendre toute la peinture du kiosque puisque, sous l'enseigne en néon, j'ai du lettrage (devanture et côté gauche). Sans compter qu'il me faudrait aussi changer l'affiche du poteau au bord de la route, celle qui est à la fourche, à deux milles d'ici, qui dit : *Au roi du hot dog, straight ahead.* Tout ça pourrait me coûter cher. J'ai même acheté un néon ouvragé, tordu, avec à la place du point sur le *i* une couronne :

Au roï du hot dog

Mille deux cent trente dollars de néon ! Faut pas
exagérer l'amour : je mets Marise dans mon lit, pas sur
mes affiches. D'ailleurs, *Chez Marise,* ça ne dirait pas que
c'est moi qui fais les meilleures saucisses grillées dix milles
à la ronde, sans compter le territoire de l'île Perrot.
Pourquoi cacher les talents qu'on a ? Un homme doit faire
comme il pense ; s'il croit qu'il a raison, il ne peut pas
passer sa vie à écouter son oncle, sa femme, ses amis, le
journal ou même la télévision. Moi, quand on insiste pour
me donner un conseil, j'écoute et puis après j'en donne
un moi-même. Ça fait que je suis quitte : pas de dettes,
pas de *listen-now-pray-later,* c'est trop facile s'appuyer sur
les autres, un jour on se retrouve devant un champ de
béquilles.

O

~ J'ai rencontré Marise au *Edgewater Bar* (c'est une salle de danse comme une tranche de melon déposée sur une pointe dans le lac Saint-Louis) il y a deux automnes. Elle avait pris un *nowhere*, avec Nicole je ne me souviens plus qui, une amie à elle. Moi, j'étais au *Edgewater Bar* avec Jacques mon frère (celui qui est écrivain professionnel. Il doit relire mes cahiers, je ne sais pas ce qu'il va dire quand il va les repasser ; c'est peut-être pour l'orthographe ou la grammaire ou les adjectifs... Ça doit être ça : les adjectifs qualificatifs, de temps, de lieu, d'ennui). Quand j'ai connu Marise, tout de suite, j'ai su que c'était le genre de fille pour qu'on s'entende tous les deux : ça cliquait fort comme un couteau espagnol à crans frais huilés.

Jacques a commencé par les regarder toutes les deux, comme s'il ne les voyait pas vraiment. Puis il a souri, il s'est levé, s'est approché de la table où elles étaient assises (une table avec une nappe brune tachée ; au milieu, sur la tache, brûlait une sorte de lampe du sanctuaire dans un filet de plastique rouge). En montrant du doigt l'autobus du *nowhere* stationné dans la cour du *Edgewater,* il leur a dit doucement du mieux de sa voix :

— Quand vous êtes montées dans l'autobus du *destin,* mesdemoiselles, vous ne le saviez sûrement pas, mais c'est vers les Galarneau que ce maître aveugle vous menait...

Moi, je suis arrivé vite derrière lui, je l'ai poussé un peu et j'ai dit :

— Excusez-le, mesdemoiselles, c'est pas la boisson, c'est l'instruction. Venez donc, on va faire un tour sur le plancher de danse, c'est un cha-cha-cha. Je sais danser cha. Mon frère Jacques a une décapotable bleu ciel — une Buick Riviera. On vous ramènera en ville plus tard, un *nowhere* c'est le fonne s'il y a un accident.

Bien sûr, l'accident c'était nous. Marise (je ne savais pas encore son nom) s'est levée en éteignant sa cigarette à bout filtre de la main gauche, dans son verre de bière. Elle et moi on est allé danser dans la fumée sur un dix cents parce que tous les couples, ce soir-là, semblaient aimer le chachacha. Jacques s'est assis à table avec l'autre qui s'appelait Nicole. Il lui parlait, je ne l'entendais pas, mais je le voyais faire : il lui tenait les épaules, lui prenait les tétons, lui parlait, lui mettait une main sur les fesses. On aurait dit un boucher hésitant avant de dépecer un veau. Il lui a pris enfin la taille, elle riait en mettant sa tête sur son épaule : c'était dans le sac. Pour Marise et moi, c'était autre chose déjà...

— Marise. Marise Doucet. Toi ?

— François. Tu viens souvent ici ?

— Non. Jamais. Le samedi soir, d'habitude, je vais avec mon ami au *Casino Bellevue* ou *Chez Paree,* c'est

plus chic, l'orchestre est bon. Mais Nicole — qui est avec
ton frère — est venue de Québec, elle voulait rencontrer
du monde.

— Un *nowhere* c'est fait pour ça. Je le connais ton
ami ?

— C'est pas la peine d'en parler, on a cassé les
fiançailles hier.

— Tu aimes ça danser ?

— Beaucoup, oui, mais pas avec n'importe qui.

— Avec moi ?

— Je sais pas encore, donne-moi le temps.

— Vous allez rester avec nous au *Edgewater* ?

— C'est Nicole qui décide, moi je suis pas difficile.

— Tu es belle, tu sais.

— C'est qui ton frère ? Il parle drôle.

— Mon frère, il est scripteur.

— Il est quoi ?

— Il écrit des histoires pour la télévision.

— Tu penses qu'il connaît Yoland Guérard ?

— Il les connaît tous. Il a même rencontré Gilbert
Bécaud quand il est venu le mois dernier.

— Toi, tu travailles avec lui ?

— Non. J'ai un restaurant.

— Ah... (Elle est restée songeuse. Je cherchais un
compliment.)

— Tu as les fesses rondes comme des pommes.

— Je ne les vends pas au baril.

— Je ne veux pas les acheter, seulement les tâter.

— T'es un peu cochon. T'es marié ?

— Non.

— Sur ton doigt, on dirait que tu avais une bague.

— J'avais une bague. Je l'ai lancée dans le Saint-Laurent ; j'aurais lancé ma femme avec si j'avais pu.

— Ça fait longtemps ?

— Un an, un peu moins.

— Moi, j'ai juste été fiancée comme on pourrait dire... Maurice venait des soirs ; d'autres, il me téléphonait : " Je viens " ; puis il allait jouer aux cartes. On a cassé.

— Tu sais, Marise, c'est le même nom que Maman.

— C'est un nom rare pourtant.

— Quand nous sommes revenus de la piste de danse, Jacques avait commandé du scotch. On a ri en baptême. Mon frère Jacques, quand il s'y met il est drôle comme Aldéric. Il fait des imitations de tous les artistes de la télévision qu'il connaît, il sait même des tours de magicien avec des allumettes et des cigarettes ; les filles étaient heureuses. Nicole surtout, c'est pas à tous les *nowhere* qu'on tombe sur un numéro chanceux. La fumée devenait épaisse comme de la brume. Jacques racontait des histoires les yeux mouillés, nous on riait. Marise me laissait l'embrasser, je la caressais, je l'ethnographiais avec mes dix doigts ; je prenais des notes avec ma bouche, des mesures avec mes jambes. Le *Edgewater* ne s'était pas vidé d'une miette, au contraire, on se serait cru en Chine. A deux heures du matin, au *last call,* on a avalé quatre *50* glacées pour nettoyer le scotch. Puis on s'est taillé un chemin à coups de coude vers la décapotable qui dormait en dessous d'un orme comme celui de Martyr, au milieu du parking.

Marise criait aoutche ! Le terrain était en gernottes et les petites pierres rentraient dans ses souliers de satin ouverts. Je l'ai prise dans mes bras ; s'il n'y avait eu une filée d'autos, de chaque côté, pour me guider, je ne me serais jamais rendu !

On est parti vers Montréal à quatre-vingts milles à l'heure, baptême on a eu peur ! Pactés comme des ciboires un dimanche matin, c'est un motel qu'on cherchait. C'était pas facile à dénicher : les deux premiers étaient complets — en néon rouge *no vacancy;* le troisième était cher : une seule chambre, deux lits doubles, téléphone, télévision, cafetière au mur : vingt-deux piastres à cause de l'heure avancée. C'était sur la Côte-de-Liesse, je n'ai jamais dormi d'un aussi sérieux sommeil, on aurait pu creuser à côté de mon lit avec un marteau pneumatique que j'aurais laissé un pourboire à l'oreiller.

Marise, mon amour, c'est le plus beau *nowhere* de ma vie qui t'a amenée au *Edgewater Bar* ce soir-là, qui m'a permis de te prendre dans mes bras sur le chêne de la piste de danse, au son d'un chachacha, sur le gravier dans les odeurs rances du parking. C'est la plus belle rue du monde, cette Côte-de-Liesse, où nous nous sommes éveillés ce dimanche matin, toi la tête ébouriffée, moi les cheveux plats, l'air maussade parce que j'avais trop bu. Marise, ma vie, tu as souri, on s'est dévorés comme si on n'avait jamais mangé. Je t'aimais, je t'aimerai toujours.

I

Florient, c'est l'invention du siècle. Vous fermez les yeux, vous pressez le bouton et la pièce s'emplit de l'odeur des pins de nos bois. Sans le purificateur d'air *Florient,* je ne pourrais plus vivre. A la maison, j'ai un atomiseur dans chaque pièce, avec odeurs différentes : jacinthes, roses, pin, fougère, mousse. Je m'enferme, je vaporise, je ferme les yeux, je suis ailleurs, c'est le paradis du nez, le voyage par l'odorat. Quand je fais griller les hamburgers, c'est le même phénomène : l'odeur de la fumée me transporte ; c'est surtout des odeurs dont je parle dans mes poèmes, l'odeur de Marise le matin quand le soleil traverse les pales des jalousies, l'odeur du champ quand je chasse la corneille qui sait autant que moi que c'est un jeu, que je ne vais pas la viser, qui se contente de se soulever paresseusement chaque fois que je tire, qui se garde à bonne distance quand même. Elle se méfie, la corneille, elle a raison. A qui faire confiance, je veux dire : à qui vraiment peut-on *tout* confier ? Je n'ai jamais dit à personne, quand j'étais à l'école, que je voulais être géographe, pas un client ne soupçonne quand je lui sers un café que, pour moi, l'homme le plus heureux aujourd'hui c'est peut-être l'ingénieur. J'en sais des choses. Mais je n'en ai jamais su assez pour passer à l'université. D'ailleurs, tout ça c'est de la frime : leur instruction *obligatoire* ne les *oblige* pas à vous aider. Société de pourris. Ils ont fait de nous des laveurs de carreaux instruits. J'aime mieux mon château : *Au roi du hot-dog,* c'est moi le prince et le ministre, et si je ne veux pas travailler, je n'ai qu'à fermer les volets. Quand je fais griller des saucisses, je m'imagine que c'est des curés qui brûlent. Je fais mes révolutions sur la bavette du poêle, c'est très efficace, je gagne chaque fois, je contrôle les référendums, j'attends qu'ils meurent tous et puis je nettoie la grille. Des jours, je me dis : Galarneau, tu n'as pas de cœur. C'est possible. Mais pour avoir un cœur, aurait fallu que quelqu'un me le donne. Ou qu'on consente à m'en prêter un, quitte à le reprendre un jour, un jour comme aujourd'hui où la pluie fine dessine dans les vitres du stand des fleuves, le Gange, le Mississippi, le Saint-Laurent, pas des rivières, des fleuves larges, sains, qui mouillent tout un pays comme un enfant mouille toute sa couche. Je me replie derrière la pluie. Elle fait rideau, elle fait écran, personne ne viendra. Ce jeudi soir, je ferme, j'irai jouer aux cartes à l'hôtel *Canada,* il y a toujours des commis voyageurs qui s'ennuient. Marise m'attendra, j'ai pas le cœur à rire, j'ai pas le cœur à pleurer, j'ai pas de cœur du tout, je vais jouer carreau de pluie, trèfle de champs. Martyr est toujours sous l'orme, comme s'il n'avait pas bougé depuis hier midi. Je dirai :

— Messieurs, bonsoir.

— Salut, Galarneau. Comment va le restaurant ?

— C'est pas demain que vous me verrez millionnaire !

— Mais tu as la paix.

— J'ai la paix ; si on jouait au black-jack ?

— T'as de l'argent ?

— Je vous joue ma recette de la journée. Deux dollars quatre-vingt-huit.

— C'est pas grand-chose.

— J'ajoute mon épouse.

— Marise ?

— J'ai dit mon épouse. Elle habite Lévis. Je vous donne son adresse avec un petit mot d'introduction.

— Dans ce cas, je te joue Mary avec qui j'ai couché trois fois à Mistassini, la plus belle sauvagesse de la réserve.

— Toi ?

— La bonne du curé de Saint-Léonard-de-Port-Maurice. Elle n'est pas jeune mais elle se parfume à l'encens et son patron connaît le vin.

— Moi, je joue la femme de chambre du *Chanteclerc,* celle qui a les cheveux roux et même — chose rare, messieurs — des taches de rousseur sur une seule fesse.

Nous jouerons au blac-jack pendant que, dehors, la pluie du jeudi continuera de tomber, je gagnerai la sauvagesse et la bonne du curé, je perdrai ma femme, celle du Chanteclerc et mes deux dollars quatre-vingt-huit sous. Stie. Ça va me faire une baptême de belle soirée. C'est Aldéric qui paiera la bière. Papa aurait aimé ça, une soirée pareille, avec la télévision derrière ouverte, mais qu'on ne regarde pas parce qu'il n'y a rien à voir le jeudi soir à la télévision. Nous boirons du petit blanc sûrement, s'il n'y a pas trop de clients. Nous serons discrets, je demanderai à Aldéric, qui est un sérieux menteur, qui s'est fabriqué un passé comme une courtepointe, avec des morceaux qu'il change quand il en a assez, sacré grand-papa fort en couleurs, de nous raconter la prohibition. Il adore ça, se rappeler sa jeunesse.

Est-ce qu'un jour, quelqu'un va me dire : Galarneau, c'était comment dans ton temps ? Dans mon temps !

Il pleut plus fort encore, j'entends l'eau des gouttières qui s'accumule dans le baril, ça doit être ce temps qui me rend triste. Dans mon temps ! Il restait encore un cheval debout, il s'appelait Martyr, il ne tirait plus rien, mais personne n'avait le courage de l'achever, il mourait de vieillesse à quinze ans, j'en avais vingt-cinq. Dans mon temps, dans mon Amérique à moi, pour être heureux, il fallait être riche, très riche, ou instruit, très instruit, ou crever ou crever des bulles, des rêves, des si. On pouvait écrire des livres aussi.

D

Marise veut que je me dépasse, ma première femme aussi voulait que je me dépasse et puis, finalement, c'est elle qui m'a dépassé en grande, dans le virage...

C'était quelques semaines après l'enterrement de papa, je travaillais avec Aldéric à l'hôtel *Canada,* assistant-barman. J'avais refusé de retourner aux études. Je servais les hommes dans l'arrière-salle, mais j'étais trop jeune pour boire. Ils s'amusaient à mes dépens.

— Prends donc un petit gin avec nous, le jeune !

— Envoye ! *une* bière, ça peut pas te faire de tort.

— Ça n'a jamais fait de mal à personne.

— Serais-tu Lacordaire, Christ ?

Je me contentais de sourire, encadré par les verres et les bouteilles. Jacques, mon frère, qui est écrivain professionnel à Montréal mais qui vient quand même manger des patates frites, des jours où il fait beau ou bien le dimanche matin (il les aime comme moi, avec beaucoup de vinaigre et de sel), était toujours en Europe. La mort de papa n'allait pas changer ses plans. Il préparait sa carrière. Il m'écrivait encore ponctuellement et quand je ne recevais pas de lettre le samedi, j'étais déçu. A cette

époque, il voulait surtout que je lui décrive l'enterrement,
il exigeait toujours plus de détails, la couleur du cercueil,
si tante Rita était avec le vieux MacDonald, qui est-ce qui
avait gardé le crucifix de cuivre, ne pouvait-on loger
maman au village, Aldéric s'était-il réconcilié avec papa
avant que celui-ci ne perde conscience, combien de
personnes dans l'église, les fleurs venaient-elles de chez
McKenna ou de chez Mme Hamel fleuriste incorporée ? Je
lui répondais le soir même, je n'arrêtais pas de décrire
ceci, cela, la plupart du temps j'inventais parce que ces
deux semaines avaient été pour moi pires qu'un rêve,
pires qu'un rhume de cerveau, j'avais les oreilles bou-
chées, les yeux gluants, je n'avais vraiment rien remarqué. Puis nous avons cessé de parler de papa, Jacques
s'est mis à me conseiller de retourner en classe, je ne
voulais pas. Il insistait pour qu'au moins je suive des cours
par correspondance. Mais je n'avais pas confiance et puis,
est-ce qu'on peut devenir ethnographe par correspondance ? J'aurais peut-être dû aller aux cours du soir mais
avec les heures de travail à l'hôtel, c'était trop épuisant.
Rien ne coïncidait. Pourquoi s'instruire ? On n'a pas
besoin de s'instruire pour s'enrichir : il suffit de voler. On
n'a pas besoin de s'instruire pour être heureux : il suffit
de ne pas y penser.

J'ai tenu plus d'un an au bar, mais, à la fin, je
m'ennuyais, j'en avais plein mon chapeau. Je veux dire
que je ne réussissais même plus à saluer les clients. J'ai
cessé de répondre à Jacques en lui disant que je le verrais
quand il reviendrait, que j'irais planter ma tente ailleurs,
en Gaspésie peut-être ou à Québec. Aldéric voulait bien

m'aider, il m'avancerait de l'argent. J'avais dix-huit ans, je me serais jeté au bout du quai.

Un soir de janvier, le 27 janvier, je me souviens encore, il neigeait de pleins camions, c'était mon soir *off,* j'ai mis mes bottes d'aviateur, ma veste de ski, je suis passé voir Beaupré, un ami de papa qui était chef des pompiers dans le temps. Aujourd'hui, il est en clinique, il s'est cassé le dos en tombant du toit quand le bureau de poste a brûlé. On a joué une partie de dames qu'il a gagnée, c'était un artiste, je lui ai dit :

— Monsieur Beaupré, ça ne peut pas durer, je suis seul à mort. Jacques est en Europe, Arthur au séminaire, maman est aux States (mais même si elle était ici, à quoi cela aurait-il servi ? nous n'avons jamais pu parler), le grand-père Aldéric ne m'écoute pas. Vous qui avez été un ami de papa, un intime même, un habitué du *Wagner III* (c'était leur bateau), je vous demande une canne blanche, je ne vois plus clair : qu'est-ce que je dois faire ? Entrer chez les Pères blancs ? (Je lui ai avoué tout de suite que je n'avais pas la vocation, mais que j'aimais les voyages, surtout les départs et les arrivées.)

Le chef m'a écouté, il a sorti une bouteille de gin du tiroir d'un bureau — je ne peux plus me rappeler la marque, l'étiquette était bleue. Il buvait ça à même le goulot ; il m'en a servi un verre. Il n'avait pas d'eau, il a ouvert la fenêtre, cassé un glaçon qui pendait du toit, l'a écrasé, il a ajouté un peu de neige dans le verre. J'ai bu mon premier gin, un gin d'hiver, un gin de pompier, pendant qu'il m'expliquait que devenir Père blanc pour voyager, c'était payer cher l'aller-retour. Au tiers de la bouteille, il me conseilla de me construire un alambic ; à la demi-bouteille, je devais être architecte ; quand tout a été consommé, il me suggérait plus simplement de prendre l'air, de partir comme je pensais, de quitter la place, jusqu'à ce que j'oublie le bout du quai.

Dans la rue, en revenant vers l'hôtel, je vacillais comme un nostie de clown ; faut dire que la glace vive sous la neige n'aidait pas.

U

J'ai pris le train vers Québec après avoir parlé au chef Beaupré. Aldéric était bien d'accord. Il voulait même m'avancer de l'argent pour acheter un commerce, si cela me plaisait, quand j'aurais fait le tour. Ce jour-là, le train du Canadien National s'arrêtait à Lévis ; je suis monté quand même, dans des wagons qui sentaient le cigare refroidi et la peluche poussiéreuse. Il y avait peu de voyageurs. J'ai tenté de lire le *Journal* d'Anne Frank, mais il m'est resté sur les genoux : la neige de chaque côté des voies était un écran, je me faisais mon cinéma, je ne pensais à rien, je fumais comme la locomotive, je prêtais l'oreille aux conversations autour de moi, je me suis endormi, engourdi, à peine passée la banlieue de Montréal.

A Lévis, le fleuve était gelé, la gare était enneigée jusqu'aux affiches, le vent venait depuis les Laurentides, par-dessus Québec, par-dessus le Cap ; il nous sautait dessus comme un Saint-Bernard affectueux. Je me suis précipité vers une tourist room pas très loin du rond-point. A peine dans la chambre, après avoir enlevé le crucifix de plomb et le Sacré-Cœur au-dessus du miroir du lavabo, je me suis fourré la tête dans l'oreiller et sous l'édredon de laine et j'ai encore dormi un tour d'horloge. J'avais froid, j'étais seul, je crois que j'ai pleuré. La tempête a duré deux jours, je mangeais dans la salle commune ; dehors celui qui aurait pissé contre la clôture se serait retrouvé avec un glaçon au bout du petit jésus.

Aldéric m'avait suggéré : au début accepte n'importe quoi, vendeur ce serait bien, flaire les alentours, écoute, ferme ta gueule. J'ai ouvert le journal, j'ai même copié les annonces dans un carnet, comme elles étaient, les annonces classées :

VENDEURS

Faites-vous $ 150 ou plus par semaine ? Non… Qui vous dit que vous ne pouvez pas le faire, avez-vous déjà essayé ? Vous ne risquez rien en essayant avec nous. Nous ne vous demandons aucun argent ni aucune garantie. Si vous avez une auto et êtes âgés au moins de trente ans, nous vous offrons de travailler dans la vente aux conditions suivantes :

1° $ 500 par mois.
2° Commission 15 % plus boni de production.
3° Prospects fournis.
4° Dépenses payées.
5° Assurance santé et salaire.
6° Entraînement à nos frais.
7° Chances d'avancement inespérées.

Pour entrevue, téléphonez à 42-4590.

P. S. — Nous engageons des gens à temps plein seulement et si possible bilingues.

Je n'avais pas d'auto, je n'avais pas trente ans, je n'étais pas plus bilingue qu'aujourd'hui.

Jus d'orange de la Floride. Agent demandé

Agent ou représentant vendeur à commission pour la distribution exclusive dans la région de Québec de jus d'orange de marque connue, bien introduite sur le marché et embouteillé en Floride.

Notre produit depuis deux ans connaît un grand succès dans les super-marchés, les crémeries, les restaurants, etc.

Écrire donnant tous renseignements sur facilités de distribution, à Hanson Juice Concentrates Ltd, 2nd Floor, King Edward Hotel, Toronto, Ontario.

Je ne connaissais pas suffisamment la région pour la couvrir de jus d'orange de la Floride, comme une jaunisse.

Campagne de souscription autorisée

Ai besoin 15 représentants. Le travail peut se faire par téléphone. M. Godard : 71-6134.

Une fois l'objectif atteint, je me serais retrouvé sur la charité moi-même...

Français demandé par maison d'édition, pour service des ventes, anglais pas nécessaire. Tél. 66-4935.

Je n'étais pas français. Il restait cette annonce :

Belle opportunité pour vendeurs agressifs. Ligne de factures et travaux d'imprimerie. La société Paul Morin — 13 rue Saint-Étienne.

A la société Paul Morin, on me trouva trop jeune, mais un de leurs clients cherchait un commis. Je n'allais pas discuter. Ils voulaient un jeune homme très bien, portant foulard carotté, bon accent, belles manières. C'était au centre de Lévis, qui est une baptême de gros village qui, s'il a déjà été beau, ressemble plutôt aujourd'hui à un Murray. Une *villette* où les hommes couchent encore en jaquette et où les filles portent des pierres du Rhin autour du minou. Un trou où dans les rues il y a plus de sœurs que de fruits dans un snellier. Mais je n'étais pas venu à Lévis pour ses orgies. *Gagnon Electrical Appliances*, respectable magasin d'appareils ménagers, avait l'avantage de se situer à deux pâtés de ma chambre. C'est la vue de la caissière (belle comme une actrice suédoise importée de Californie) qui m'a poussé à accepter de vendre des aspirateurs, des malaxeurs, des laveuses, des couteaux électriques, des séchoirs à cheveux, des planches à pain, des couteaux à patates, des bouchons-miracles, du papier-tenture, des poêles Coleman et des prises de courant.

La caissière, ma Suédoise, s'appelait Louise Gagnon.
Elle était la petite-nièce de Louis-Joseph Gagnon, son
grand-oncle, propriétaire de *Gagnon Electrical Appliances*. Le jour même, je l'amenai manger au restaurant à
côté, chez Tchen Chow, un Chinois. Le riz aux champi-
gnons était bon, le reste baignait dans une sauce au soya
qui aurait découragé Mao.

Je me méfiais des filles ; d'ailleurs, Aldéric m'avait
prévenu, mais quand on passe neuf heures par jour à côté
d'une *femelle* comme Louise l'était, les bonnes intentions
pavent l'enfer. Je veux dire... ses cheveux roux laissaient
passer une lumière tendre sur son visage où les yeux se
cachaient derrière de longs cils comme des oiseaux
derrière les joncs. Elle était riche et avait de grandes
jambes fines comme celles de Catherine May, qui dansait
au *Harlem Paradise* la semaine dernière encore ; elle les
sortait d'un coup, de derrière le comptoir, comme une
offrande qu'elle promenait entre les rayons d'appareils
ménagers. Peu à peu, on se mit à faire un couple vivant
entouré de cadeaux de noces à emballer. Louis-Joseph ne
venait que l'après-midi. Alors, les matins tranquilles, vers
neuf heures trente, dix heures, nous descendions dans la
cave faire l'inventaire : il ne lui manquait rien. J'étais
amoureux, mon premier grand amour, elle aussi je pense,
je veux dire... elle acceptait tout. Je lui proposai ma
chambre, elle y dormirait ; je retirai du coup mes jugements rapides sur Lévis, j'oubliais ce pour quoi j'y étais
venu, je ne trouvais plus le temps d'écrire ni à maman ni à
Jacques ni à Arthur ni à Aldéric : c'était le paradis à
Lévis.

H

J'ai tourné le bouton du poêle à *low* pour garder la graisse juste assez chaude qu'elle n'imbibe pas les patates, bien que les clients, par des après-midi morveux comme celui-ci, viennent rarement se montrer le bout de la langue. On ne mange pas des patates dans n'importe quel climat, peu importe le temps. Il y a des soleils qui en donnent envie, des vents doux qui vous font venir au-dedans des joues un goût, un besoin de salé, des avant-pluie qui vous picotent les gencives jusqu'à ce que vous ayez mordu dans une longue tranche, un long bâtonnet de patate blanche, molle en son centre, dorée juste à point en surface, une peau de graisse encore bouillante couleur vahinée tout autour.

Je ne fais pas de juliennes, c'est trop mince, ça se carbonise de façon ridicule, ça devient vite sec comme des cure-dents. Et puis, dans le casseau, ça s'agglutine comme des Enfants de Marie autour d'un vicaire. Mes patates sont grasses, mais ce sont de vraies *french fried,* avec encore de l'eau de pluie au cœur ; il vous faut les goûter pour bien comprendre. Pour les saucisses, c'est autre chose ; je ne les fais quand même pas moi-même, je veux dire je choisis la sorte, mais ça n'est pas moi qui souffle le bœuf dans les tripes. Je ne sers pas de Hygrade qui sont fraîches parce que tout le monde en mange parce qu'elles sont fraîches, c'est pas *vraiment* les meilleures. Les plus fines, ce sont les saucisses *La belle fermière,* elles ont moins de colorant chimique : le colorant, c'est ce qui rend la cuisson difficile, ça devient amer, c'est dur à digérer. Un client malade, c'est un client qui change de menu. Je l'ai dit d'ailleurs au camionneur de Canada Packers, Paul Godin, ça ne m'a pas gêné, on se connaît depuis longtemps. Quand il avait douze ans, il voulait entrer chez les vampires, mais nous, on était exclusifs comme de grands appartements.

O

— Mon frère, ce qui est promis est promis. Je te l'ai dit dimanche : je vais t'aider, te corriger tes fautes si tu veux. Mais ça n'est pas à moi de te dire comment faire ton livre. Imite qui tu veux, si t'es génial ça ne paraîtra pas, mais autrement, copie-toi toi-même. C'est une bonne idée ce livre, mais fais à ton idée, tu es d'accord, Marise ?

Marise et Jacques ont discuté à ce propos, elle soutenait qu'il faut imiter d'abord pour savoir comment faire ensuite. Elle voulait que j'écrive une histoire policière, avec des hommes fatals, des femmes vénales, des chalets abandonnés piqués sur des rochers au bord de la mer, des histoires de collier. Elle lit beaucoup Peter Cheney, elle l'imagine comme ses héros, elle voudrait que je sois un autre probablement, un écrivain avec une fossette en plein milieu du menton. Elle porterait des robes pailletées, on fréquenterait des journalistes, le beau monde l'attire, elle regarde trop la télévision ; c'est dans *Écho-Vedettes* qu'elle prend toutes ces idées, mais, moi, je ne veux pas tricher. Avec sa volonté, si elle avait épousé un avocat, elle en aurait fait un ministre. Faut pas ambitionner sur l'ambition. Jacques, lui, qui sait ce que c'est (il fait des textes pour Radio-Canada *and all that stuff*, mais vous ne le connaissez pas sous son vrai nom, Jacques Galarneau, parce qu'il utilise en ce moment un nom de plume. C'est qu'il veut faire des livres sérieux un jour, quand il aura le temps, si jamais il arrête de faire de l'argent comme il en fait, et de changer d'auto tous les printemps). Jacques, qui sait mieux que Marise, disait :

— Tout ce que tu devrais écrire, c'est ce qui te tient à cœur, pense pas à ceux qui vont te lire, il y a des gens qui comprendront.

— Mais s'il n'écrit pas un livre policier, qu'est-ce qu'il peut faire, pas un roman d'amour ?

— Tu te rappelles, François, les romans-photos de maman ?

— J'aurais peur de les répéter.

— Ma chère Marise, il va parler de lui, de toi, c'est simple.

— De moi ?

— Je n'ai pas le droit, peut-être ?

Marise tournait en rond autour de la Chrysler de Jacques, elle tenait un casseau de patates et les mangeait avec méthode, comme un oiseau apprivoisé. Jacques était assis sur l'aile de la voiture, je lui ai offert une Buckingham en essuyant mes doigts sur mon tablier, j'avais un sourire de premier communiant.

Marise :

— Jacques, tu me ramènes à la maison ?

— Bien sûr. Salut, François.

— Salut, Galarneau ! Bonjour, Soleil !

— (Jacques à Marise.) C'est papa qui disait ça en se levant le matin. Il disait : notre père à tous c'est le soleil, il s'appelle Galarneau lui aussi, comme nous. Il nous regarde de là-haut, mais il est de la famille.

La voiture en démarrant a lancé des pierres contre le côté du stand, ils sont partis comme des fous, tous les deux. Je ne leur ai pourtant rien demandé, je n'ai jamais demandé quoi que ce soit à personne. C'est même Marise qui est allée, mardi dernier, chercher les deux gros cahiers bleus chez Henault's Drugstore (il aurait pu appeler ça la *Pharmacie* Hénault, le sacrement, mais il est tellement content, Hénault, de savoir parler anglais que si sa femme lui dit : je t'aime plutôt que *I love you,* il ne peut plus bander. Colonisé Hénault : une couille peinte en Union Jack, l'autre aux armoiries du pape !).

Je n'avais pas demandé qu'on m'ouvre une fenêtre ; maintenant qu'elle est ouverte, je laisse entrer le vent, que ça plaise à Marise ou non, que ça déplaise à qui que ce soit. Je fais mon sentier comme une mule. Je fais l'inventaire de mon âme : il y a accroché dedans des romans à quinze cents, des agents X-13, des peignes en écaille, des pochettes odoriférantes, des porte-clefs sexés, des ouvre-bouteilles allemands, des capotes anglaises, des couvre-chef en plastique beige dans des enveloppes jaunes, des puzzles carrés avec des chiffres, des décalques de Batman, des plombs pour carabine tchèque, des menthes contre la mauvaise haleine, des saint-christophe aimantés à placer sur un dash, des fleurs de papier japonaises dans des coquilles collées, qu'on laisse éclore dans un verre d'eau chaude, des mouches artificielles pour la pêche, des rêves grands comme l'océan, des envies de partir, de sacrer le camp.

Ça doit être notre côté coureur des bois, ce besoin

continuel de partir, et notre côté vieille France celui de
revenir et de décaper des meubles de pin jaune dans de
grands bacs d'acide, l'été, derrière la cuisine, dans le
jardin.

T

Au fond, même si j'étais devenu ethnographe comme j'ai déjà pensé, je serais peut-être ici, derrière mon comptoir. Un ethnographe a besoin d'un point de vue pour ethnographier; mon snack-bar, c'est peut-être le carrefour idéal pour faire un baptême de coupe dans la populace! Si je voulais, je pourrais commencer aujourd'hui.

— Deux patates avec Ketsup? Dites-moi: pensez-vous que Dieu est mort? Sans vinaigre?

— Etes-vous heureux? Je veux dire: qu'est-ce que c'est que le bonheur pour vous? Sincèrement...

Qu'est-ce qu'ils me répondraient, mes clients? Que le bonheur c'est quand on n'a pas le temps d'y penser, c'est un skidou dans un sentier de lièvres, c'est des vacances par Air France, c'est Mlle Sabena à la radio, c'est une gogo girl dans sa salle de bains, c'est un mari fidèle, c'est de l'argent plein le pot à sucre, c'est pouvoir travailler comme on en rêve, c'est se rouler dans l'eau salée, c'est faire sa religion, c'est manger des *whipet* de Viau toute la journée.

Quand ils auraient répondu, je les zigouillerais d'un

coup de sabre sur la nuque, comme Genghis Khan l'autre
soir au Cinérama, je les enterrerais le long de la clôture…

   La lune est douce ce soir, à travers la moustiquaire du
plafond elle est comme imprimée en pointillés. Un
renversé. La lune est rose, ce soir, Marise va venir me
chercher à pied depuis la maison. L'air est chaud, une
odeur de thé tiède se mêle à la brise ; si j'éteignais les
néons, je pourrais presque faire la cuisine au clair de nuit.
Je vais aller avec Marise dans le champ de millet, si elle
pense à apporter la couverture écossaise rayée jaune. Il
faut traverser l'érablière et une touffe de cèdres noirs,
mais après on peut se déshabiller sans que la police ne
s'en mêle et faire l'amour dans le champ de lune du père
Martin au clair de millet. Je vais apporter des frites
d'aujourd'hui, des œufs durs au vinaigre et puis deux
bières en canette, parce que c'est meilleur en canette ;
c'est plus frais, c'est comme la peau de Marise. Après
l'amour, je pourrai peut-être l'étrangler ou lui casser les
reins comme on faisait aux sauterelles sur le perron du
presbytère. Je retrouverai mon chemin, je ferai le Petit
Poucet, semant des raisins Sun-Maid le long du sentier.
Et la corneille bleue les avalera un à un pour me perdre.

   Quand je serai bien mort, ils s'amuseront encore.
Adam est à un million de générations. Grand-papa
lointain, on ne sait même pas où tu fus enterré. Stie. Stie
de plaignard. Vaurien. Lapin triste. T'embêtes les gens.
Tu devrais faire un livre gai : la vie est trop courte, s'il
faut en plus la pleurer ! Tu deviens le bedeau niais d'une
mélancolie d'adolescent. Sonne les cloches, sacrement !
Fais le bilan : tu es libre, tu ne dois rien à personne, tu ne
fais qu'à ta tête. Si tu voulais, tu pourrais remettre les

roues au vieil autobus qui te sert de stand et partir parcourir le monde. Quatre roues, quatre dromadaires ; tu vendrais tes frites et tes saucisses sur les places publiques puis, en avant la musique ! défileraient les pays sages.

Tu as raison, il ne faut surtout pas faire comme Martyr et attendre la mort en chassant les taons qui sillent. Je vais fermer la porte derrière moi et monter dans la fusée qui m'attend au bout du champ. J'irai dans la lune pour voir qui des Russes ou des Américains aluniront les premiers ; pour entendre le premier juron d'homme dans la mer des Sargasses. Je serai le premier ethnographe lunaire ; j'ouvrirai un stand aussi, le *Moon Snack Bar,* pour les cosmonautes de passage et les lunautes amoureux qui viendront faire du parking derrière les rochers blancs. Je pourrai même inviter Martyr à monter à bord de la fusée. Noé croyait au couple, moi, je crois que nous sommes seuls ; Martyr et moi sur la lune, la plus noble conquête de l'homme et vice versa, quatre sabots dans la poussière lunaire. Et si un jour la lune devenait trop craoudée, si les gens s'y pressaient comme à la place Saint-Pierre, on pourrait toujours revenir sur terre, les deux pieds sur terre. Je serais heureux. Transporté de joie comme une corneille dans un champ de maïs où le blé d'Inde jaunit en rangs serrés.

Stie. J'ai la fièvre. Je vais aller me coucher. Je me sens tout en guenille, comme du linge sur la corde à sécher. Ce doit être d'écrire, c'est comme de trop lire, c'est mauvais pour les yeux, quand on n'a pas fini de digérer.

D

Depuis que j'ai eu cette fièvre, je fais attention, je dors plus tôt. Le matin, dès que le soleil se lève, je pars en chaloupe (c'est une verchère avec un deux forces), je trôle le brochet. S'il pleut, je nourris les barbottes avec des vers gros comme du macaroni, j'en ai des pelletées dans les choux gras derrière le stand. Ça me détend les nerfs. Le médecin a dit qu'il me fallait ça, de l'eau qui coule, qui fait un *v* de chaque côté du fil. Je tiens ma canne sans penser à rien, j'ai les doigts un peu mouillés, de la terre noire sous les ongles. C'est comme si la lumière, le clapotis, l'odeur du poisson me disaient : rassure-toi, Galarneau, t'es éternel. A moins que ce ne soit papa qui me remonte par les entrailles. C'est drôle, des fois, ce qui remonte dans les entrailles : des envies de pleurer, des quintes de rire, des urgences d'aller me chercher un orignal du côté du lac Long, de partir au chevreuil à Saint-Gabriel-de-Brandon avec Arthur et Jacques. C'est des aventures qu'on n'ose plus comme avant.

Maman avait les cheveux nuit, papa les cheveux blancs comme ceux d'Aldéric, de grand-papa Galarneau, bar-

man, hôtelier, ramancheur, boute-leggeur, rabouteur,
menteur, beau prince dans son manteau de chat, dans sa
Packard grise avec quatre phares en avant de chaque côté
du radiateur qui avait l'allure d'une porte d'église. Papa
et Aldéric ne se parlaient pas, d'abord à cause de la
politique mais aussi parce que papa ne travaillait pas
souvent. Je veux dire il ne gagnait pas beaucoup d'argent,
même quand il en raflait aux cartes, au poker surtout.
C'est Aldéric qui payait pour nous habiller. Il était notre
pain quotidien. Il achetait lui-même nos manteaux d'hiver, nos culottes britcheuses, nos chandails de laine ; il
nous forçait à aller à l'école. Il nous a beaucoup aimés,
Aldéric, surtout moi parce que tout le monde disait : tu
lui ressembles qu'on dirait Aldéric qu'a refoulé au lavage.
Chaque hiver, à Noël, il nous donnait des patins, des
C. C. M., des hockeys : " Les Galarneau, un jour, vous
jouerez pour les Bruins de Boston ! " qu'il disait chaque
fois, avec une voix que je n'oublierai jamais, une voix
comme la mienne aujourd'hui. C'est ce qu'on se lègue de
plus vrai, de père en fils, le timbre de la voix. La nôtre
s'accroche dans la pomme d'Adam avant de s'amplifier.
Avec cette voix-là, papa arrachait des larmes aux plus
indifférents quand il entonnait le pater noster aux messes-
anniversaires. C'est important, le son de la voix, parce
que les mots ne veulent pas dire pareil s'ils vous viennent
du nez, de derrière les oreilles, ou du fond de la poitrine.
C'est comme Arthur : on dirait qu'il parle avec une voix
de cheveux, il chuinte ; habituellement, les gens ont des
voix neutres, ordinaires. Je vois ça surtout avec les
clients quand ils m'appellent et que j'ai le dos tourné.
Quand ils commandent au comptoir, le plus souvent, vous

Salut Galarneau!   67

pourriez mettre la voix de l'un dans la bouche de l'autre
que ça ne dérangerait pas un matou.

    J'ai toujours aimé maman et papa d'une même envolée
de tendresse parce que jamais nous ne les voyions
ensemble. Mais toujours nous savions que l'un des deux
dormait à la maison, jour ou nuit. C'était rassurant
comme une chanson qu'on siffle. Pourtant, des fois, je me
demande comment ils nous ont faits, Jacques, Arthur et
moi. Je veux dire, ils ont bien dû coucher ensemble au
moins trois fois, à intervalles de neuf mois, même plus
souvent! si on croit à la loi des probabilités, et j'ai perdu
assez d'argent aux courses à Blue Bonnets pour y croire.
Or, du plus loin que je me souvienne, papa vivait le jour,
maman, c'était la nuit. Bien sûr, ils avaient dû s'aimer et
être heureux quelques mois au début de leur mariage, ça
nous donne Jacques, disons, peut-être Arthur, certainement pas moi, François.
    Papa était un gros homme trapu, fort comme un
original à panache. Il dépassait à peine maman qui était
plus fragile, un peu comme une manne. Quand je les ai
connus, je veux dire quand je me souviens d'eux dans
notre maison, ils étaient déjà chacun de leur côté du
soleil.
    Papa partait tous les matins vers sept heures, des
caisses de grosses Molson au bout de chaque bras. Il
revenait ensuite chercher son attirail de pêche, un trésor
lentement amassé, reprenait le sentier qui passe près de
l'école Saint-François-Xavier, au-dessus de la coulée aux

crapauds, puis débouchait vers la descente en ciment où il accostait son *Wagner III*. Il n'avait pas construit lui-même son bateau. Quoi qu'il en racontait, il n'aurait jamais su comment faire, mais il l'avait peint en bleu lui-même, et puis décoré à l'intérieur des rosaces brunes. C'est lui-même qui avait accroché les rideaux de plastique à fleurs, qui avait choisi la douzaine de coussins de kapok jonchant le treillis de la cale. Maman, elle, venait de se mettre au lit.

Il nous amenait à bord, ses trois fils, un dimanche sur deux ou sur trois, suivant ses amours. Je me souviens aussi qu'il savait réparer son moteur quand il toussait, ce qui était sûrement la seule et deuxième chose qu'il ait réussie dans la vie, la première étant une brève carrière de chantre d'église. Cette carrière s'était arrêtée brusquement quand il perdit un jour la foi, il ne nous a jamais dit pourquoi, et qu'il s'en vanta aux quatre coins du village, je veux dire à la taverne de l'hôtel *Canada*. S'il avait fermé sa gueule, il chanterait encore. Mais où poursuivre un tel métier quand l'église vous est fermée ? La télévision n'était pas encore née. Il n'alla pas chercher de travail plus loin. Il n'était pas habile, il ne voulait pas être habile, il ne voulait surtout pas avoir de patron. De là cette habitude, comme une sorte de devoir ponctuel, de partir à bord du *Wagner III,* de boire lentement une grosse bouteille de bière, puis une autre, jusqu'au moment où il se sentait aussi liquéfié que l'eau entourant la barque. En fait, du matin au soir, du lundi au dimanche, sur le lac Saint-Louis ou vers Oka par les écluses, papa pacté de bière devenait le capitaine tranquille et absolu d'un radeau de guidounes. Les guidounes, c'est pas venu immédiatement après la fin abrupte de sa carrière de chantre, mais pas très longtemps après, tout de même. Il s'ennuyait tant sur son petit bateau qu'il amena un jour une fille, puis un ami avec une guidoune, lui aussi, des filles fabuleuses, fantastiques, avec des postérieurs qu'on aurait cru qu'elles caleraient le *Wagner III* en s'y asseyant, des filles aux perruques roses ou platine vif. En partant vers l'école, on lui envoyait la main ; papa, à deux ou trois cents pieds du bord, jetait ses lignes à l'eau, sortait son petit drapeau, l'agitait bien haut, il devait dire aux guidounes :

— Regardez-moi ça là-bas, de la graine de Galarneau qui passe, qui s'en va étudier, ça c'est du bon bétail comme vous êtes pas capables d'en produire, mes filles !

— Si c'est des enfants que tu veux, t'as qu'à amener ta femme en bateau puis à nous laisser sur la plage, on t'a rien demandé, Galarneau. Tu nous offres ta bière et ton arche de Noé, nous, on te laisse jouer dans notre garçonnière tant que t'es capable. Si t'es pas content, pêcheur, amène ta femme !

Papa se retournait, il était piteux peut-être, parce qu'il baissait rapidement son petit fanion jaune et le serrait dans le coffre de bois à l'arrière du bateau qui servait aussi de siège du capitaine. Puis nous l'entendions qui mettait en marche le moteur, mais nous étions déjà loin, hors de vue, pour ne pas arriver en retard à l'école des frères. Sur le lac, il y avait l'écho d'un put-put-put tuberculeux.

Le drame de papa et de ses guidounes c'est un drame de chemin de fer, je veux dire un problème d'horaire et d'aiguillage. Même s'il avait voulu amener maman en bateau, il n'aurait jamais pu la décider : elle ne se couchait jamais avant six heures du matin et se réveillait pour ainsi dire au moment précis où le soir papa venait s'écraser sur le matelas, après avoir déposé, comme tous les soirs, quinze perchaudes et deux barbues sur la table émaillée de la cuisine. Qu'elle était douce et belle, maman, quand elle se réveillait à la brunante, à temps pour nous donner à manger et nous mettre au lit. Elle avait de longs cils de soie noire qui lui faisaient de l'ombre sur les yeux, une voix comme du miel de trèfle, à peine éraillée ; elle était comme les grandes actrices qui dansaient avec Fred Astaire et Frank Sinatra le bien-aimé.

Vers huit heures, elle se mettait à chantonner pour nous endormir, pendant que le poisson bouillait avec les patates et les oignons ; la porte de notre chambre restait ouverte pour qu'on puisse l'entendre. Plus tard, dans la soirée, elle se laissait tomber sur le grand sofa de peluche du salon, avec sur la table à café en noyer une boîte de *Black Magic* (centres mous et centres durs) — une boîte de cinq livres lui faisait deux nuits. Suivant la saison, elle lisait des photos-romans italiens ou des bandes dessinées en anglais, ce qui lui donnait une culture de l'esprit mi-européenne, mi-américaine, qui a beaucoup déteint sur nous puisque, les jours de pluie qui étaient souvent des jours de congé, Jacques et moi plongions avec ravissement dans ces catéchismes sentimentaux pendant qu'Arthur mimait les histoires des comics. Dans les uns, l'amour avait toujours raison et l'emportait après mille misères, détours, suspenses, trahisons ; dans les autres, c'était à tout coup sûr la justice qui triomphait contre les énormes facéties des forces du mal. Sans Superman, je ne sais pas ce que nous serions devenus. Ces lectures faisaient de nous des garçons ardents en amour et en batailles et c'est là — même si papa maugréait — que nous avons tous les trois pris goût à dévorer de l'imprimé comme s'il se fût agi de nourritures essentielles.

Bien sûr, cette habitude de tout lire tout le temps m'a créé des tas d'ennuis, de difficultés, d'embêtements au collège, au point que je n'ai pas poursuivi des études qui, de toute manière, m'auraient sûrement quitté d'elles-mêmes. Mais ni Arthur, ni Jacques n'en ont souffert. Je veux dire... chacun peut aller jusqu'à un certain point, à chacun ses frontières : j'avais atteint mes limites. A chacun son voyage : papa allait jusqu'à l'embouchure de l'Outaouais, maman allait jusqu'à la pharmacie (acheter des romans-photos) ; moi, je suis allé jusqu'en Belles-Lettres, à Montréal.

Quand papa est mort de sa pneumonie, maman, qui ne se plaisait pas à Sainte-Anne, est retournée vivre avec sa sœur qui habite Lowell, au Massachusetts, depuis une bonne trentaine d'années. Des fois, elle nous envoie des cartes de Noël, même l'été au mois d'août, ou encore, au printemps. C'est l'intention qui compte après tout, je veux dire... si ça lui fait plaisir le 27 mai de nous souhaiter un *Merry Christmas* imprimé en sucre rose sur carton pailleté, on ne va pas lui dire : maman, ce n'est pas la bonne date ; elle n'a pas un cœur de 365 jours, elle, c'est par bloc. C'est que ça doit être difficile de s'y retrouver quand on vit la nuit avec du chocolat qui répand cette odeur, douce et âcre à la fois, jusque dans les replis des tentures.

O

Le soleil aujourd'hui est plus cru encore qu'hier. Un soleil cru qui cuit. Je ne vois pas comment j'ai pu me passer aussi longtemps d'écrire, je veux dire je faisais des poèmes bien sûr, mais sans forcer... j'attendais que vienne l'inspiration. Des fois, je patientais trois semaines, c'était de la chasse à l'arc... Noircir ces cahiers, c'est autre chose : ils sont là, ouverts, derrière le poêle, ou pliés proprement dans la poche de mon veston, ou empilés sur le dessus du poste de télévision, dans la toilette, au grenier. Ils me suivent, me rattrapent, me sollicitent, chaque être humain devrait être forcé de remplir des cahiers : au bout de l'instruction obligatoire, il devrait y avoir l'écriture obligatoire, il y aurait moins de méchancetés, vu qu'on aurait tous le nez dans des cahiers. C'est peut-être d'ailleurs ce qu'ils appellent l'éducation permanente, une éducation frisée, comme si on ne passait pas sa vie à s'instruire, à se faire beau, à dévorer ce qui se présente.

A la radio, il y a Gilles Vigneault qui chante, le cœur dans la gorge, ça lui donne une drôle de voix. Papa chantait mieux que lui, il avait aussi mal au pays, comme

on dit j'ai mal au ventre, je vais prendre un Eno's Fruit
Salt ; je n'ai pas digéré les Anglais ni les curés, je vais
sucer des Tums, ça va passer. Si ça ne passe pas, je vais
dégueuler, renvoyer comme on fait dans la neige, à la
porte des tavernes.

Ils avaient probablement tout prévu : dès ma nais-
sance, ils savaient que je glisserais dans un trou sans
demander mon dû, ma joie, ma place. Je ne suis pas de
ceux qui clouent des oiseaux aux érables. Mais j'en ai une
folle envie. Mon frère Jacques a bien tourné : il les
amuse. Mon frère Arthur a bien tourné : il a fait de la
charité un système économiquement rentable. Moi aussi,
j'ai bien tourné : je suis là au bord de la route, prêt à les
nourrir de mon mieux s'ils daignent s'arrêter, je suis le
cuisinier du pays, leur fidèle serviteur. Mais ça commence
à m'ennuyer. Bien sûr, si je faisais fortune je pourrais
m'acheter une automobile et tuer le temps ou quelques
passants, mais au bout d'un réservoir d'essence, qu'est-ce
qu'il reste ? Le vide. Tu remplis à nouveau : donnez-moi
de l'Esso extra. Toute ta vie tu remplis un réservoir qui
continue de se vider. Un jour, tu dois avoir envie d'aller à
pied, et quand t'es à pied tu peux ruer, t'abandonnes ta
Toronado sur le bord de la route, tu te couches dans un
champ de chiendent, la tête vers le ciel, tu te dis : celui
qui mérite le plus gros coup de pied au cul c'est celui qui
m'a créé. Je veux dire... j'aime mieux vivre aujourd'hui
qu'hier. Je pense qu'il n'y a rien de plus beau qu'une salle
de bains jaune vif avec un rideau de douche orange, des
carreaux de céramique jusqu'au plafond, une toilette
Crane, la plus basse, la Royale, un lavabo Impérial avec
trois chantepleures chromées, la baignoire à ras du sol

comme une piscine de motel, des serviettes-éponges
mauves, épaisses comme plumes de poule, des chandeliers de cuivre, des prises de courant discrètes pour le
rasoir électrique, des lampes à ultra-violet pour brunir le
dos, chauffer les pieds. Il n'y a rien de plus beau qu'une
belle salle de bains dans une belle maison dans une belle
rue. Seulement c'est de se la payer et puis, surtout, c'est
la façon de s'en servir qui m'écœure. Tu tournes en rond,
garçon, dans le sens des aiguilles. Tu vieillis, tu pourris,
tu... fumier !

— François, viens me déshabiller.

— J'écris.

— François, je ne le demanderai pas deux fois.

— C'est déjà fait.

— Tu ne vas pas au restaurant aujourd'hui ?

— Tout à l'heure, Marise, tout à l'heure.

— A quoi ça te sert de rester là ?

— A comprendre. Tu vois, je viens de me rendre
compte que je suis la victime d'une guerre, une drôle de
guerre qui a dû commencer sans qu'on le veuille comme
au Vietnam. Le général Motor a consulté le général
Electric, ils se sont dit : nous allons dominer l'Amérique.
Mais avant de tenter un grand coup, faisons une expérience : les sociologues vont nous choisir le citoyen
moyen et en tracer le portrait socio-psychologique. Alors,
ils ont cherché, les sociologues, ils ont parcouru le New
Jersey, le Mississippi, le Wyoming, l'Arkansas, la Loui-
siane, le Delaware, le Québec, le Yukon. Ils ont fait un
rapport. Tu peux toujours faire confiance aux sociologues
pour te faire un rapport entre deux couvertures de carton
de couleur. C'est à ce moment-là qu'ils sont payés, tu

comprends. Ils ont consulté les statistiques et ils ont trouvé leur citoyen moyen, celui à propos duquel ils recommandaient que l'on fasse des tests : François Galarneau, un homme d'aujourd'hui qui ne se sauverait pas dans les Appalaches ; ils lui ont placé des électrodes au cerveau un soir où il dormait à côté de sa femme et qu'il rêvait aux Barbades qu'il avait vues à la télévision la veille dans un film d'Esther Williams, un vieux film, en couleurs, rassurant. L'expérience dure depuis quelques mois déjà, ils approchent des conclusions dont ils avaient besoin, ils envisagent des travaux gigantesques, ils vont détourner l'eau des Grands Lacs pour la remplacer par du Coca-Cola par exemple, pour que le long du fleuve, à Sorel, à Saint-Jean-Port-Joli, à Rivière-du-Loup, les enfants qui se baignent soient sucrés.

— François, je ne te comprends pas. Tu ne m'aimes plus ?

— Attends la fin : ce qu'ils n'ont pas prévu, les sociologues, parce que ce sont des gens qui ne savent pas prévoir, ils ne peuvent que te dire ce que tu sais, ce qu'ils n'ont pas prévu c'est que le cobaye choisi allait se révolter peut-être.

— François, pourquoi tu parles comme ça ?

— Parce que j'ai découvert leur plan, tout à l'heure, sans qu'ils le sachent, j'ai eu une intuition. C'est dangereux, les intuitions, c'est pire que du napalm, ça brûle en profondeur, ça se rend jusqu'aux électrodes qu'ils piquent dans l'âme.

— Si tu continues comme ça, je vais partir, je vais retourner en ville.

— Justement. Cela fait partie de leurs plans. Quand je serai seul, ils vont tenter de me coincer, ils savent tout.

— Je vais demander à Jacques de venir te parler. Je lui téléphone tout de suite.

— Ça n'est pas la peine. Je n'en reparlerai plus. Viens que je te déshabille.

Marise est une fille simple, saine, elle devrait pouvoir comprendre. Elle ne veut pas. Je ne sais plus à qui parler. Je suis persuadé qu'elle se dit : François devient fou, faudra le faire soigner s'il continue. Je ne continuerai pas. Je n'ai pas la manie de la persécution, elle n'a pas l'argent nécessaire pour me faire soigner, de toute façon. Et puis, la clinique qu'il faut à François Galarneau n'a pas encore été mise sur pied. Ce serait un petit hôpital blanc, avec de la mousse dans les corridors, des tapis au plafond, des chambres rondes en plastique rouge. Il n'y aurait pas de médecin, à proprement parler, il y aurait surtout des jardiniers qui seraient tous aveugles pour qu'on puisse se promener nus. Les infirmières seraient toutes superbes et lavées à l'eau de lavande sous des uniformes en papier que l'on pourrait déchirer à volonté. Un énorme bordel de clinique avec des salles à promesses et d'autres à prières, avec une cave à soleil et un grenier à vin. La musique y serait défendue parce qu'elle est toujours entrecoupée de slogans publicitaires ; par contre, chacun aurait son cheval et deux yoyos, un pour la semaine, l'autre pour le sabbat — un yoyo sans corde celui-là. Je crois qu'il n'y aurait pas de cuisine : le temps qu'il faut pour faire à manger est du temps perdu ; on téléphonerait chez Vito pour une pizza, ou chez *Saint-Hubert Barbecue*, c'est ça...

Marise a la peau blanche comme du pain d'hostie. Elle ressemble à maman, mais ses cheveux sont plus noirs encore, ils coulent comme du goudron fondu, et puis, surtout, elle a ses yeux — des écureuils dans une cage — qui n'arrêtent pas de courir, des seins que je couvre avec mes deux mains...

G

Je suis allé au cabinet du docteur parce qu'il a insisté. Il m'a à nouveau ausculté, il m'a dit : " J'en étais sûr, tu n'avais rien, ce n'est que de la nervosité, comme des palpitations. " Ça n'est pourtant pas mon genre, les palpitations. Moi, je crois plutôt que c'est d'être enfermé par cette chaleur dans le restaurant ; c'est pas un métier sain.

J'aurais dû me faire marin, c'est meilleur pour la santé. Marise, c'est une fille de marin. C'est une Doucet, des Doucet de Lanoraie, près de Berthier, en face des grèves de Contrecœur. Dans la famille, les hommes sont tous pilotes, de vrais mariniers les Doucet, ils montent à bord d'un cargo ou d'un paquebot, en vue de Québec ou dans le lac Saint-Pierre, et ils ne l'abandonnent que lorsqu'il jette l'ancre le long des quais dans l'est du port de Montréal, pas très loin des raffineries où brûlent les flammes du gaz éternel. Ils ne passent jamais les écluses de Saint-Lambert.

Chaque fois qu'un Doucet remonte le chenail, et qu'il arrive à hauteur de la maison paternelle, Virginie Doucet, la grand-mère, court au mât du jardin et hisse la fleur de

lys, le drapeau à Duplessis, le drapeau du pays ; le Doucet
pilote salue de trois petits coups dans son sifflet à stime,
les vaches du bedeau lui font écho, les enfants s'arrêtent
de jouer, les pigeons se soulèvent, le village s'ébroue,
puis la grand-mère Virginie ramène le câble en tournant
une poulie de nylon. Ils passent leur été comme ça, sans
jamais regarder leur montre ou consulter le calendrier de
la Banque canadienne nationale. Ils sont à l'heure des
sirènes des Andria, des Franconia, ils se pourlèchent les
babines tentant de déchiffrer avec des jumelles, depuis la
galerie, des noms étranges que les lentilles grossissent
vingt fois : Angeliki, Kasinov, Noftilos, Thorold, Ches-
chire, Hein Hoyer, Transmichigan, Uzbe Kist, Marie
Skow, London Banker, Sonunaro, et j'en passe. C'est
une litanie merveilleuse qui vient de Liverpool, de
Marseille, d'Amsterdam, de Panama, d'Oslo, d'ailleurs...
Ils sont cinquante-deux Doucet, trois générations dans la
maison de bois crème et verte aux persiennes noires.
Marise y a habité avec son père, puis quand celui-ci est
allé faire fortune au Wisconsin, elle y est restée seule,
orpheline, entourée de marins.

Moi, je préfère les fusées intercontinentales pour
voyager. Les bateaux, c'est beau, mais c'est lent comme
une convalescence. Pour Marise, c'est autre chose, elle
est imbibée d'eau douce, de vent du fleuve, de vagues qui
viennent se casser les reins contre les brise-glace de béton
jaune, armés, coulés dans le roc, ensablés. Je ne me vois
pas pilote de paix dans le Saint-Laurent. C'est beau, mais
c'est comme vivre à l'abri du large. Je me vois dans les
plaines d'Afrique comme M. Paul M. Stone dont j'ai lu
deux articles en me rétablissant de ma fièvre, au lit, dans

les *Reader's Digest* de juin et juillet. Comme ça, on rencontre des gens différents. Mon rêve, c'est de parler, c'est d'étudier des coutumes anciennes. Je choisirais une tribu où les filles se promènent en pagne, comme ça j'ethnographierais avec inspiration, les yeux sur leurs seins noirs tels des plateaux d'ébène ; être vraiment instruit, j'étudierais aussi les religions, couché dans un hamac, en Amazonie, suçant un rhum-coco entouré d'indigènes impudiques. Abandonné à moi-même, j'en ethnographierais un coup !

Mais tout ça, c'est des rêves de ferblantier. " François, t'es une girouette ", disait maman. Il n'y a que les girouettes qui sont dans le vent. Marise est dans le vent, elle m'a dit hier :

— François, je ne veux pas que ça te rende malade, et si tu vois que ça te fatigue trop, arrête, mais ça me ferait un *grand* plaisir que tu finisses quand même ton livre.

— Ne t'inquiète pas, ça va aller. J'ai moins mal à la tête quand je cherche des mots maintenant. Chaque jour, c'est un peu plus facile. Rassure-toi, je n'aurai plus la fièvre (j'ai ri), j'ai même la fièvre d'écrire !

— Tu en as écrit beaucoup ?

— J'achève de remplir un cahier. Jacques m'a dit d'en faire deux.

— Est-ce que je peux lire ce que tu as déjà écrit ? Pour voir seulement.

— Qu'est-ce que ça te donnerait ?

— Ça me changerait d'idées sur toi peut-être.

— Je suis toujours le même Galarneau.

C'est comme si elle avait envie de changer d'air. Peut-être est-ce qu'elle voudrait coucher avec un écrivain, ce soir, pour le changement justement.

— Si tu ne veux pas me laisser lire, je vais aller au cinéma.

— C'est ça.

— Tu passes tes soirées dans ta salle à manger à sucer ta ball-point.

— Tu veux que je fasse un livre ou tu ne veux pas? C'est pas moi qui en ai eu l'idée.

— Bon, alors je vais aller au cinéma.

— Je t'ai dit d'y aller.

— Tu ne trouves pas que c'est petit ici?

— On n'a pas d'enfant, ça pourrait être plus grand bien sûr.

— L'avocat ne t'a pas rappelé?

— Il a dit que ce serait long.

J'ai pourtant un bon avocat, qui passe ses mois dans le train entre Ottawa et Montréal pour débobiner l'écheveau des séparations, des adultères, des pensions alimentaires, des complots avec photos. J'en avais tellement par-dessus la tête, l'année dernière, que j'ai même écrit à *la Presse,* j'ai envoyé une lettre au directeur de *la Presse,* pour la tribune des lecteurs, dans laquelle je disais comme c'est ridicule, tous ces papiers au parlement, tout ce temps pour obtenir un divorce, que je voulais me remarier, malgré une mauvaise expérience à Lévis, et j'ai signé mon nom. Ça n'a rien donné.

A

— *All work, no play* ? C'est pas sérieux, François ! Je viens vous chercher à six heures, tu fermes ton château, je vous amène manger une fondue bourguignonne, tu ne connais sûrement pas ça, c'est délicieux ! Après ? Bien, mon Dieu, le cinéma, ou bien le théâtre, ou encore, je vous amène au parc Belmont si vous voulez, il y a longtemps que j'ai envie d'y retourner...

Marise, bien sûr, a sauté sur l'occasion. Les soirées passent, en file indienne, comme une interminable tribu, elle devient neurasthénique. C'est elle qui devrait écrire un livre. Stie, moi, ça ne me fait rien de travailler sept soirs la semaine, ça me permet de penser. Je ne sais pas ce qui pique Jacques, il n'a pas l'habitude de vouloir me distraire, c'est plutôt le contraire. Il m'apporte chaque fois qu'il vient un livre à lire, je n'ai même pas pu terminer le dernier : le *Journal* d'André Gide, un drôle de zèbre qui écrit des phrases à pentures, pour analyser ses sentiments, comme une vieille fille peureuse, des qui, des que, ça s'enchaîne comme des canards dans un stand de tir. Mais c'est intéressant, je veux dire quand on écrit soi-même, les livres prennent une curieuse allure, ils parlent

mieux, ou alors ils vous tombent des mains, il n'y a plus
de milieu.

Eh bien ! ça été une drôle de soirée ! J'avais mis mon
habit foncé, Marise une robe à plonger dedans, elle était à
embrasser partout, Jacques est arrivé en chemise sport
presque débraillé, c'est nous qui avions l'air ridicule. Les
gens de Montréal, il n'y a jamais moyen de savoir
comment ils vont s'habiller pour sortir le soir. On a vidé
une bouteille de gin pour se mettre en appétit tous les
trois, ce après quoi, débraillé ou pas, on était tous au
même niveau. Jacques voulait se baigner, j'ai refusé en lui
disant : c'est pas toi qui es en congé, c'est moi. Allons à
ton baptême de restaurant manger de la fondue. Il s'est
déshabillé quand même, devant Marise en plus, il est
parti tout nu vers le lac, il suffit de traverser la route, c'est
à deux pas. Mais il est revenu en courant, les orteils à
peine mouillés. C'est un sacrement de douillet. Puis on
est parti, il était déjà sept heures et demie. Je mourais de
faim dans l'auto, j'aurais dévoré n'importe quoi. La
fondue bourguignonne, c'est bon. Je ne pourrais pas
servir ça au *Roi,* c'est trop dangereux pour les enfants,
mais avec la sauce à l'ail, c'est merveilleux. J'ai même
copié la recette ; un instant : " *La fondue bourguignonne
pour 6 personnes :* 800 g de filet de bœuf (ça doit faire dans
les une livre et demie, par là), 200 g de beurre (3/4 de
livre), 1 verre à Bordeaux d'huile (1 verre à vin), 1 bol de
sauce tomate, 1 bol de mayonnaise (pas de la Kraft, il faut
la faire avec des œufs), 1 bol de sauce gribiche (je ne sais
pas exactement ce que c'est ; pour moi, jusqu'à ce soir,
une gribiche, c'était une guidoune pas trop guidoune), 1 bol
d'ail haché, cumin, câpres. Coupez la viande en petits dés

d'égale grosseur et de 1 cm 1/2 environ (gros comme mon pouce), faites chauffer le beurre et l'huile dans un poêlon que vous maintiendrez bouillant en le posant sur un réchaud ; à l'aide de fourchettes à manche de bois, chacun piquera des petits dés de viande qu'il fera cuire à volonté dans un poêlon contenant huile et beurre. Si vous ne possédez pas de fourchettes à manche de bois, donnez à chaque convive deux fourchettes, car celle ayant trempé dans le poêlon serait bouillante. Le poêlon se met au milieu de la table et, de sa place, chacun fait sa petite cuisine (ça, faut dire que ça n'était pas très différent de mon ordinaire). Chaque convive a devant lui deux petites assiettes, une qui contiendra les petits carrés de viande cuite, l'autre dans laquelle il mettra la sauce de son choix (du Chili sauce, ça devrait être bon pour ça) pour assaisonner le petit carré de viande. Accompagnez la *fondue* d'un petit vin rosé ou d'un Bordeaux rouge, de crudités, de salades et finissez avec des fromages et un dessert. Cette recette sera parfaite pour un repas sans façon, entre amis. ''

Pour un repas sans façon, c'en était un. Jacques nous a commandé deux bouteilles de vin avant même la fondue. Il a joué à toucher les seins de Marise pendant que je copiais la recette imprimée sur la nappe. Il lui faisait du genou, c'était pas mal dégoûtant mais j'avais trop bu déjà, j'étais consentant. Plus je bois, plus ce qui m'entoure me devient indifférent. J'adopte l'attitude de Martyr : visage impassible ; seulement de temps à autre, comme un tic nerveux, un coup de paupière sur l'œil, comme pour essuyer une tache ou parce que la lumière serait soudain trop vive. Au cinéma, ils ont continué à se toucher comme des enfants. Marise a même tenté de l'embrasser mais j'ai mis ma main, j'ai dit : ça va ! regarde devant toi. Je ne me souviens plus du film, c'était un espionnage avec des trucs impossibles ; ce qui m'a rendu malade, c'est le *newsreel :* des soldats qui tiraient sur des passants sans défense, qui s'écroulaient devant nos yeux, des vrais êtres humains tués pour vrai devant nous sur l'écran. C'était au Congo. J'ai eu un frisson, je n'aurais pas dû insister pour rester voir les actualités après la grande vue. J'ai frissonné jusqu'à la maison, à cause des fusillades probablement ou bien parce que Jacques ne voulait pas descendre le toit de la décapotable. Ça m'a complètement dessoûlé. Ils avaient l'air déçu tous les deux quand je leur ai offert de prendre un café avant de débrayer. Je voyais bien que Marise avait envie de Jacques.

— T'es sûr que tu ne veux pas te coucher, François ?

— T'as l'air crevé, t'as les yeux tirés, le médecin…

— Non, je n'ai pas envie de dormir, surtout quand je vois des gens mourir, même au cinéma ; ça ne vous dérange pas, vous autres ?

— Tu sais, le Congo, c'est loin.

— Je sais. San Francisco aussi, c'est loin, mais il y a des nègres qui y meurent dans des batailles de rue. Le Vietnam aussi, c'est loin ; t'as vu le corps des enfants brûlés dans *Life ?* Moi, tout ça, je le garde en tête… leurs yeux, Jacques, leurs yeux, Marise, tu as vu leurs yeux ?

— T'es pas bien gai.

— Ça va ! Elle était bonne, ta fondue, ton vin aussi, il était bon. Baptême, sacre ton camp ou je t'écrase la fiole sur le frigidaire, stie.

— François !

— Tu fermes ta gueule, puis tu vas te coucher ! Toi va-t'en, je t'ai assez vu, merci.

— Il a trop bu.

— J'ai pas bu plus que vous deux. Seulement moi, ces jours-ci, je pense. Vous m'avez dit : écris Galarneau, ça va être drôle en bibite, on a pas mal hâte de te lire. Je te corrigerai tes fautes, ça va te distraire. C'est pas comme ça que ça se passe, Jacques, c'est pas comme ça. Je ne fais pas des phrases tous les jours. Je ne moisis pas des heures dans ce maudit cahier seulement pour vous amuser, stie ! Tiens, j'en ai plein mon cul de vos amadouages. C'est trop facile : il s'ennuie, François, on va l'occuper. Qu'est-ce que tu penses qui m'arrive, hein ? Je reste des grandes journées longues comme des régimes de bananes à me souvenir ; puis d'autres, à regarder devant moi, autour de moi. Tu sais ce que je vois autour de moi, tu le sais, Jacques ? Des saloperies, des sacrements d'égoïsteries.

— D'égoïsmes.

— Je t'ai rien demandé. Des salauds partout. Écoutez-moi, j'ai pas fini, ça vous gêne que je vous le dise qu'on est des salauds comme les autres ? avec le ventre dodu plein de fondue, pendant qu'ils sont des millions de pareils à nous autres qui crèvent de faim, qui crèvent de faim, Marise ! Ah, on peut être fiers de nous ! Toi, qu'est-ce que tu fais ? Les élections approchent, tu fais l'idiot, tu écris des discours à deux cents piastres la shot. Peu importe le parti, tu lèches des ministres, tu fais des grimaces aux Anglais, charité bien ordonnée commence par soi-même. Sacrement, mes enfants, on n'est pas beaux, pas beaux du tout, c'est moi, François Galarneau, qui vous le dis. On est des minables, la belle société ! des

parasites, des touristes d'à côté. J'aurais dû me faire Père
blanc et me laisser dévorer par un cannibale, j'en aurais
nourri un au moins et puis, il se serait servi de ma soutane
comme serviette de table. Ça vous fait sourire ? C'est une
bonne blague ? C'est tout ce qu'on sait faire, nous autres,
de bonnes blagues, pour oublier qu'on est des écœurants.
Puis, ça suffit, allez-vous-en, je peux plus vous voir. Je ne
peux plus me voir moi-même, j'ai jamais fait de colère,
excusez-moi, je vais me coucher.

   J'ai tourné le dos, je suis monté. J'ai entendu Marise
dire : bonsoir, à bientôt. Puis, la Chrysler est partie dans
la nuit en klaxonnant comme un enfant qui crie.

U

Enfants, on était heureux, innocents, et puis, à trois
garçons, ça faisait une ligne de hockey avec Arthur au
centre, moi à l'aile gauche, Jacques à l'aile droite. C'était
toujours les trois Galarneau à prendre ou à laisser. Je
veux dire... on était partout bras-dessus, bras-dessous,
complices contre ceux qui n'aimaient pas notre façon de
vivre ou qui avaient honte de nous, à cause de papa. Les
enfants du notaire avaient surnommé maman la " chauve-
souris du red-light ", parce qu'elle ne vivait que la nuit
probablement. Nous, on a pris cela au sérieux, on s'est
fait une cabane dans un vieux chêne ; c'était le quartier
général des vampires : nous trois et puis deux petits
Chinois, Peter et Suzan O'Mailey. Leur papa travaillait
dans une imprimerie, derrière l'entrepôt de Daoust, le
marchand de bois. Ils nous apportaient des papiers de
toutes couleurs, on en faisait de l'argent, des billets de
train, des passes, des cartes de membre.

Nous couchions tous les trois dans la même chambre,
les lits prenaient toute la place, il fallait se glisser entre
eux comme dans un banc d'église. C'était plus un dortoir
qu'une chambre, c'était un hôtel, une arène de boxe, un

terrain d'aviation sur lequel on s'écrasait comme des
cf-104 en perdition. Le soir venu, maman au salon, la
lumière fermée, nous lisions en cachette sous les draps
avec des lampes de poche volées, piquées, raflées chez
Handy Handy, à Cartierville, le samedi matin, quand
Aldéric nous faisait faire un tour. Il s'y procurait des
enjoliveurs pour sa Packard, des antennes, des insignes,
des miroirs, des phares anti-brouillard, des tapis de
caoutchouc, des fleurs de plastique, des saint-christophe
d'ivoire, des négresses de plâtre, des palmiers pour la
fenêtre arrière. Il nous amenait chez Robil aussi manger
de la crème glacée au chocolat et aux fraises dans des
cornets de biscuit brun croustillants, sucrés, secs, qui
cassaient sous les dents, des cornets *Magic,* qu'Arthur
mordait toujours par le petit bout pour téter la crème
fondante comme on tète une bonne bouteille de Pepsi. Il
se salissait à ce jeu. Aldéric se fâchait, il avait peur de
maman.

Maman avait la peau rousse sous ses robes de chambre,
ou rose peut-être. Elle ne portait que de longues robes de
chambre de soie, de shantung de soie, pour lire au salon,
mais aussi pour faire la cuisine, pour nettoyer le poisson.
Et puis, elle dormait dans les mêmes robes, elle ne
prenait jamais la peine de s'habiller ou de se déshabiller,
elle restait nue sous la soie rouge. Si elle avait pu aller à la
messe en robe de chambre, elle y serait allée peut-être,
mais les convenances l'en empêchaient. Pour aller à la
pharmacie chercher ses chocolats et revues, elle jetait un
manteau de drap sur ses épaules, sa robe flottait dans le
vent comme un foulard aux pieds. Elle nous disait
souvent : " Votre maman est d'une grande famille, mes

enfants, je n'ai pas besoin de m'habiller pour savoir qui je suis. " Elle vivait dans ses robes rouges comme dans une boîte de bonbons de la Saint-Valentin. Elle disait aussi souvent, en nous embrassant : " Mes pauvres enfants, qu'est-ce que vous allez devenir ? " Mais elle se sauvait bien vite avant que Jacques ou Arthur ou moi puissions lui dire que nous étions bien comme ça, que nous ne voulions rien devenir, que nous étions des vampires, papa un brave capitaine gardien du *Wagner III* et qu'elle avait toute notre admiration puisqu'elle ne dormait jamais, veillant sur les armes tel Sir Lancelot avant la bataille.

Depuis dimanche soir, quand j'ai tant crié, Marise et moi on ne s'est pas parlé, sauf pour l'essentiel : l'argent et ce qu'il faut commander à l'épicerie. De toute manière, j'ai de moins en moins envie de vivre, même le restaurant commence à me tanner. Stie. J'ai déjà terminé un cahier. Je devrais peut-être jeter tout ça à la poubelle avec les épluchures.

CAHIER NUMÉRO DEUX

R

— Il y a un accident près du pont.
— C'est trois hot dogs?
— Oui, *all dressed*.
— Il y a souvent des accrochages le vendredi soir.
— Tu ne saurais pas où je peux acheter un chat?
— Il y en a plein l'île, t'as qu'à te pencher.
— J'en voudrais un beau, un siamois.
— Non, je ne sais pas.
— Bon bien, bonsoir là.
— Bonsoir.
— Tiens, t'as de la visite!
— Quoi?
— Les cops de Sainte-Anne qui s'amènent, les baveux! avec la cerise allumée!
— C'est la Provinciale, pas la police du village.
— Bonsoir.

Ça se voit à leur façon de freiner, que c'est la Provinciale, d'ouvrir les deux portières, de se tenir debout, de parcourir l'horizon en ajustant leur ceinture, en remontant leur culotte avant de faire un premier pas :

— Salut François !

— Bonsoir Alfred. Qu'est-ce que je peux vous servir ?

— Rien pour tout de suite. Rien. Est-ce que tu pourrais fermer ton stand et venir au poste ?

— Pourquoi ?

— Un *hit and run.*

— Marise ? C'est ça ?

— Elle venait te rejoindre ?

— Je l'attendais pas. Oui, peut-être. C'est grave ?

— Non. Je pense pas.

— Attends, je ferme tout, je prends mes cahiers, j'embarque avec toi.

Et dire que l'on ne se parlait plus. C'est ce jour-là qu'elle choisit pour m'attendrir. Je déteste avoir à me presser comme ça et tout laisser sans rien nettoyer. Demain matin, il va y avoir partout des flaques de graisse figée. Mais c'est inutile de tenter de discuter avec la police, avec Alfred surtout qui est venu au monde en uniforme pour plaire à son père. Ils m'installent entre eux sur le siège avant, leurs bras autour de mes épaules, comme pour me consoler. Je ne leur demande rien pourtant.

— On va aller au poste pour identifier des objets, ça ne sera pas long, il y a un sac, des souliers...

— Où est-elle ?

— Ils l'ont descendue à Montréal, je ne sais pas encore à quel hôpital. Ils vont téléphoner.

— Elle n'a pas de blessures apparentes. C'est le choc, je pense, surtout, elle râlait sur le bord du fossé. On a reçu un coup de téléphone anonyme, ça doit être le chauffeur qui a pris peur. On est venu le plus rapidement possible mais, le vendredi soir, avec les gens qui vont à la campagne...

O

Je suis au poste depuis une heure et de l'hôpital on n'a pas encore téléphoné. Ce n'est sûrement pas un accident, c'est sûrement un truc arrangé comme quand Louise est *tombée* enceinte, après quelques mois de fréquentation. Ça n'était pas possible, on prenait des précautions, mais je me suis dit que ça devait être un accident — un accident ou bien une distraction. Mon frère Arthur m'avait pourtant prévenu, il m'avait dit : tu vas en province creuse ; Lévis c'est au bout des glaces, méfie-toi des filles, ça sort du couvent, tu vas te retrouver un beau matin comme un cave avec un licou d'argent et un abonnement à *l'Anneau d'or,* dont tu ne voudras pas. Il avait deviné juste. A peine Louise enceinte, la famille Gagnon m'a annexé — une, deux — on m'a traîné en Cadillac à la chapelle de la Visitation : un petit mariage électrique, propre, rapide. Le lendemain, Eusèbe Gagnon me vendait un terrain avec restaurant (c'est facile : ils possèdent la moitié de Lévis, les Gagnon), une petite binerie de restaurant qui débitait du tastee-freeze, la crème glacée molle comme du savon à barbe, près du port.

Il n'était surtout pas question de voyage de noces : tout

de suite au travail ! Quand on épouse une Gagnon, c'est la tribu qui dirige ! Comptez-vous heureux et fiers, ce n'est plus le temps de rire et de chanter. Georges Gagnon va te refaire la peinture du dedans et de la façade, Arthur va vérifier la plomberie, Louis-Joseph, en guise de cadeau, va te loger chez lui. Louise va être heureuse, il y a trois pièces vides que vous pourrez décorer à votre aise, et votre balcon donne sur le balcon de la belle-mère qui est veuve et pourrait s'ennuyer.

Je m'étais fait passer un Québec. Louise devint une autre femme, de la veille du mariage au lendemain. Elle restait la même en coquille bien sûr, mais son jaune d'œuf battait pour sa mère au balcon ; toute la journée elles piaillaient comme des grives dans un cerisier. Elle était enceinte, fallait lui pardonner, elle reposait ses belles jambes sur le sofa, en fumant des Matinées, le nez dans des quizz de télévision : Hannibal était-il un guerrier ou un joueur de hockey ? Si je dis stratosphère, est-ce que je parle d'un gâteau ou d'une couche d'air ? Elle addition- nait le coût des prix comme si elle était encore caissière, ajoutant la taxe provinciale de 6 %, je veux dire... elle avait encore l'enveloppe suédoise mais, au-dedans, elle n'était plus la même enfant parce qu'elle en attendait un.

De toute manière, j'étais coincé : je n'avais même plus le temps de lui parler, de lui suggérer de déménager, d'empoisonner tous les Gagnon un soir à souper, y compris Charles, celui de *Gagnon Furnitures* qui nous avait vendu à crédit des meubles chinois en imitation de bois de rose, avec lampes de jade appareillées, des baptêmes de lampes rouges et vertes à rendre fou un croque-mort, à rendre malade un macchabée.

Mais je n'avais pas de temps à perdre : Aldéric m'avait posté de l'argent ; plutôt que de me battre à la maison, je me tuais au restaurant pour en hâter l'ouverture. Pour faire plaisir aux Gagnon, j'avais gardé le nom du tastee-freeze *(Chez Ti-Coune)*. C'était déjà le cœur de l'été ; fin juillet, j'étais prêt. Le jour de la Saint-Ignace je donnai les premiers cent hamburgers à ceux qui se présentaient ; la ville entière avait décidé de manger gratuitement ; au centième j'ai dit : ça suffit, par ici la monnaie. La publicité était faite, la clientèle arrivait.

Je mentirais si je disais que je n'étais pas heureux : tout de suite le commerce a bien marché, je veux dire... j'ai vite appris à cuisiner, j'aimais parler aux gens, je ne fournissais pas, je pataugeais dans la relish comme un enfant dans un ruisseau, je grillais des saucisses, mes vêtements sentaient bon la grosse graisse chaude. J'étais aux oiseaux, j'avais trouvé ma vocation, ma profession, mon avenir, qui aurait pu durer une éternité, je veux dire un grand bout d'éternité : hop ! un hot dog, hip ! le bonheur, houp ! une patate, vive le mariage avec une Suédoise qui m'attend à la maison ! Je créais. J'ai même perfectionné une nostie de machine à patates qui coupait comme la guillotine de Robespierre.

Mais le bonheur c'est une mayonnaise ; ça tourne sans qu'on sache pourquoi. La vie n'est jamais si simple, surtout chez les Gagnon de Lévis. Les semaines passaient mais Louise, ma belle caissière, n'engraissait pas, je veux dire : pour une porteuse d'enfant elle gardait sa taille de Californie. Au sixième mois, j'ai compris qu'on s'était moqué de moi et que pour éviter le scandale d'une Gagnon dans la tourist room du commis de Louis-Joseph, avec l'accord de la famille, ma Suédoise de seconde main avait calculé comment frauder un mari sans payer de taxe.

Moi, même à vingt ans, il n'y avait pas grand-chose pour me déranger les sentiments, je veux dire… je n'ai jamais été facile à rejoindre avec une pelletée d'insultes ou une poignée de gros sel dans la baratte à beurre. Mais ce que je n'ai jamais aimé, c'est qu'on rie dans mon dos, comme on fait avec les Esquimaux. Une femme enceinte ça s'épouse, je connaissais mon devoir, mais une femme engrossée qui n'avait pas plus de bébé au ventre que moi de Rolls Royce au garage, ça m'a coupé les liens du mariage à ras de la sainte table.

Le premier lundi soir du sixième mois, je suis entré dans une taverne, j'ai commandé douze drafts. J'ai fait le point en regardant les verres de bière en face : d'un côté, mon bonheur, ma sueur, mes heures chez Ti-Coune ; de l'autre, ma Chinoise et son ameublement suédois. D'un côté, mon capital, mon métier ; de l'autre, une emmer-deuse grimpée sur deux piquets avec des poils rouillés sur la tête. C'est vrai, je l'avais aimée, c'était mon premier bain, j'avais plongé les yeux fermés, mais j'avais avalé de l'eau : je ne savais donc pas nager. Stie. Je me suis pris à regretter les heures tranquilles passées chez *Gagnon Electrical Appliances.* Je veux dire : on a beau ne plus croire en Dieu, c'est pas une raison pour ne plus croire aux femmes. Je croyais en Louise ma femme bien-aimée qui n'avait pas conçu sous Ponce-Pilate, qui croyait à sa mère toute-puissante la sainte Éloïse, et en Gagnon le propriétaire unique de Lévis. Ainsi soit-il. Amen mes culottes sont pleines. J'avais pleuré en arrivant, je n'allais pas me mettre à chialer en partant. Sacré Galarneau,

simple d'esprit, priez pour nous, pauvres pêcheurs d'eau
douce. Mon roman d'amour s'était effoiré comme un
pudding anglais sur un patio de briques, comme un jello
qui n'aurait pas pris. Mon enfant c'était du vent, mon âme
s'est dégonflée, je veux dire : j'avais les voiles à terre,
mon estomac s'est mis à trembler, j'ai eu des crampes, je
suis rentré, j'ai donné des coups de pied dans les sofas
chinois, j'ai téléphoné à Aldéric, je lui ai dit : Grand-
papa, ça ne marche pas, rien ne va plus, je suis perdu, je
veux rentrer. A l'autre bout du fil, Aldéric a ri, il a dit :
François, fais ta valise, tu rentres ce soir, ça ira mieux
demain, t'occupe pas du restaurant, il y a des notaires
pour ça, prends le train au plus coupant. Louise n'a pas
bronché quand j'ai fait ma valise. Elle n'a pas crié, piaillé,
supplié, pleuré : elle me regardait la bouche ouverte
comme un renard de chez Léo, figée, empaillée d'avance.

J'ai quitté Lévis comme j'étais venu, sur un flat-car
triste. Le train passait par Montréal bien sûr, j'ai laissé les
bagages rouler tout seuls, je suis descendu, je les rejoin-
drais bien. J'ai traversé la gare centrale comme un enfant
de chœur dans une église bondée, sur la pointe des pieds,
l'âme blanche, le surplis empesé : j'en avais gros à
oublier.

Entre l'aller et le retour, toute une année s'était
faufilée sous la clôture. C'était déjà février. Montréal en
avance sur la province laissait fondre sa neige au chaud
des rues et les murs humides étaient tachés de dessins
comme les pages d'écoliers de taches d'encre. J'ai marché
la rue Sainte-Catherine de long en large, sur les deux
trottoirs ; les lumières me faisaient du bien qui cligno-
taient comme mon cœur, les restaurants me faisaient de

l'œil. Un jour, Louise, je me vengerais, j'aurais autant
d'enfants que de passants au coin de Peel. Je me suis
glissé chez Mme veuve Chaput prendre un verre, qui
connaissait bien Aldéric ; elle n'était pas là. C'est pénible
un peu, être seul dans une vraie grande ville, je veux
dire... avec des millions de gens autour de soi qui se
sentent peut-être seuls eux aussi, mais comment savoir ?
Au *United Cigar Store,* j'ai acheté un paquet de
Buckingham et le *Star* je pense, pas pour le lire, pour
entendre la voix de la vendeuse. J'ai dit : " C'est combien ? " deux fois. Les mots me réchauffaient la bouche ;
la fille m'a répondu " fifty-seven ", rien de plus, elle ne
pouvait savoir. C'est le ciment aussi qui me rendait triste
ou bien le tête-à-tête forcé avec les mannequins de chez
Simpson, avec leur sourire de plâtre, leurs cheveux épais,
filasses, leurs épingles dans le dos pour accentuer le
cintré, l'élégance des vêtements, leurs souliers mal lacés.

Je me suis dit : Galarneau, t'es encore jeune, t'es
instruit, la vie a ses bons moments. A la Provincial
Transport, j'ai failli un instant monter dans un autobus,
vers maman, vers Boston. J'ai hésité trop longtemps, il
est parti pendant que j'avalais un sandwich aux œufs frits-
pain toasté. Le jour baissait, mais le soleil de février
continuait de tracer des raies entre les édifices. J'ai trotté
jusqu'au port la queue entre les jambes. Il n'y a rien
comme les vrais voyages pour noyer une peine, ça me
paraissait simple tout à coup de monter dans un bateau
qui flottait entre les bancs de glace, de dire : " Monsieur
le capitaine, où allez-vous ? — En Nouvelle-Calédonie.
— J'ai toujours voulu y mettre les pieds, c'est mon désir le
plus cher ; je vous paye le tiers du voyage, pour les deux

autres je suis prêt à travailler dur sans rechigner, je suis fort et en santé. Le capitaine m'aurait dévisagé lentement, en se disant : — Voilà enfin le marin qui manquait à notre équipage, un jeune homme aux yeux vifs que n'effraient pas les rivages exotiques, qui veut se rendre utile, faire quelque chose de sa vie, baptiser des sauvages, acheter de l'opium, rouler pousse-pousse. Montez, jeune homme, vous serez mon second, j'aime bien discuter philosophie après dîner, quand l'hélice ronronne et que le vent nous pousse. Comment vous nommez-vous ? — Galarneau, mon Capitaine. — Je crois avoir entendu ce nom déjà. — C'était celui du pirate Soleil, mon Capitaine. Je suis son petit-fils. — Merveilleux ! Galarneau, montez à bord, courez sur la passerelle, la cabine nº 11 est à vous, je vous attends au bar, nous y signerons les papiers. Peut-être voulez-vous être mon associé ? Nous ferons le commerce du cacao. "

Quand le soleil est tombé, le froid de février a repris le dessus. Sur la Maine, dans un vieux cinéma, on présentait Kirk Douglas dans trois films dont *The Young Man with a Horn.* Je me suis laissé tenter ; ç'a été fantastique, un film comme on n'en fait plus, je ne sais pas pourquoi ; un beau film, c'était ça le vrai courage, je devrais m'y mettre et jouer de la trompette, malgré l'adversité, j'entrerais à la salle *Bonaventure,* le gérant m'arrêterait sur le pas de la porte : " Qu'est-ce que vous transportez là dans cette valise ? — Une trompette, monsieur, elle ne me quitte jamais, je ne puis la laisser au vestiaire, c'est ma vie ! — Vous êtes donc musicien ? — Depuis des générations, monsieur. — Eh ! bien, on peut dire que vous arrivez à point, vous : nous venons de perdre notre trompettiste qui a un solo important dans le spectacle ; il est parti en claquant les portes, à cause d'une danseuse, malgré son contrat. Vraiment, on ne peut se fier à personne ! — Oh ! vous pouvez vous fier à moi, il n'est pas une danseuse, pas une fille, pas une femme qui puisse me détourner de la trompette : j'en ai trop vu, j'en ai trop eu, voyez-vous, j'ai vécu déjà, et j'y mets toute cette souffrance, toute mon âme, *when I blow,* quand je joue ce n'est plus de la musique qui s'échappe du cuivre, c'est l'essence même du son, c'est de l'art, c'est un autre monde. — Alors, je pense que vous êtes notre homme ; comment vous appelez-vous ? — Galarneau, monsieur. — J'ai déjà entendu ce nom-là quelque part. — Ce n'est pas impossible, je crois que j'ai assez bonne réputation. — Eh ! bien, Galarneau, disons cinq cents dollars par semaine ? Vous commencez ce soir même... "

J'ai pris l'autobus de dix heures trente. Quand je suis arrivé à Sainte-Anne, je n'avais pas encore mangé.

I

— On va appeler le bureau des ambulances, ils doivent le savoir à l'heure qu'il est.

— Merci, Alfred.

— Je ne m'inquiéterais pas pour Marise à ta place. Si ç'avait été grave, ils auraient téléphoné... elle doit être aux premiers soins, tout simplement... c'est pour ça.

— Je ne m'inquiète pas.

— C'est une bonne fille, non ?

— Des jours je l'aime et sans elle, je serais nul, rien, fini. D'autres jours, je la décapiterais avec une lame de rasoir.

— C'est à moi que tu dis ça ?

— Si je le dis à un policier, c'est que je ne le ferai pas.

— Qu'est-ce que c'est que tu écris comme ça, tout le temps ? On dirait que t'as oublié de faire ton testament, t'es comme une petite vieille qui tricote, seulement tu tricotes des mots, tu marmottes, tu tremblotes.

— Je ne me rendais pas compte. Tu sais, Alfred, quand on écrit quelque chose qui nous est arrivé, c'est comme si on le vivait une fois encore avec toutes les émotions, presque...

— Qu'est-ce que tu écris, François ?

— Ce qui me passe par les oreilles, par les yeux, par les souvenirs. C'est Marise et puis Jacques, mon frère, qui m'ont suggéré de commencer un livre, il y a trois mardis.

— Ça t'occupe.

— Oui, c'est ça ; mais c'est drôle : plus je travaille, plus je me retire, moins je suis capable de parler, c'est comme si je vivais dans les cahiers, que je ne pouvais plus vivre pour vrai, comme toi dans ton uniforme. Si Marise est blessée pour vrai, dans mes cahiers elle est encore vivante.

— C'est ça, oui.

— C'est ça.

Alfred est retourné au bureau. C'est un ami d'enfance, mais il a été plus sérieux que moi. Sa douzième année faite, il est entré à l'école de la police, il a un métier, c'est un serviteur instruit, il est l'ordre, la sûreté, il est quelque chose. Moi, je ne suis rien, je ne suis que le roi de mon terrain, d'une clôture de broche à l'autre. Le roi du château tout à côté, c'est Martyr, qui doit trouver que je mets du temps à revenir. Alfred ressemble à un hippopotame.

— Alors ?

— Elle est au Montreal General Jewish Hospital, ils n'ont pas pu la laisser ailleurs, les hôpitaux sont bondés. Elle n'est pas mariée ? je veux dire, c'est pas légal ?

— On est accoté depuis deux ans.

— Mais c'est pas légal ? Tu peux y aller, ils t'attendent. Je mets son nom de fille sur mon rapport.

— Doucet ; je vais y aller en autobus.

— Tu sais où descendre ?

— Oui. Je peux te laisser mon tablier ?

D

La nuit est aussi pâle que les lampadaires. C'est un voyage lugubre, du poste de police à l'hôpital, dans un autobus aux trois quarts vide, tout juste bon pour faire un snack-bar.

Marise m'attend sûrement dans une grande chambre verte, les yeux ouverts, les mains à plat sur des draps amidonnés. Au bras, on lui aura glissé un cercle de plastique avec son nom et un numéro. Ou bien, ils ne peuvent pas savoir, ils ont peut-être écrit : Marise Galarneau.

Marise, je suis emmêlé dans mes sentiments, comme dans un jeu de lumières, je me tâte partout comme si je ne trouvais plus mes clefs. Pourquoi cet accident ? Comment cet accident ? Un jeu ?

J'aurais dû prévenir Aldéric pour qu'il s'occupe du restaurant. C'est long, parfois, sortir d'un hôpital, même quand on est en santé. Aldéric a toujours été pratique, sans lui, nous ne serions peut-être pas en vie, une tête de pioche. Léo est pareil. Qu'il empaille un hibou ou un caribou, faut pas chercher à lui donner de conseils : il suit son inspiration. J'aurais dû laisser Marise lire mon premier cahier.

J'ai mal au cœur, c'est à cause de ce maudit autobus à pétrole aussi. Quand on est assis derrière, dans un des bancs du fond, c'est le coup du malaxeur... Léo, c'est moi que tu devrais empailler. Je vais me faire hara-kiri, tu auras moins de travail. Je veux que tu me places assis sur une chaise de cuisine, dans ta vitrine. Quand Martyr mourra, tu l'empailleras aussi, c'est mon meilleur ami. Tu lui mettras du trèfle dans les oreilles, il adore le trèfle et le chèvrefeuille. Non. Attends. Je vais aller en Espagne plutôt. Je suis jeune encore, je me ferai torero, on dit que El Cordobès veut abandonner, je vais le remplacer dans l'arène, je ferai crier les foules et plier les genoux à la bête, et si, par mégarde, un jour, une corne mal limée me perfore l'intestin, tu sais ce qui te reste à faire...

U

Qu'est-ce qu'ils ont donc à me laisser poireauter comme un immigré dans leur salle d'examens ? Ou Marise est très mal. Ou on ne s'est pas compris. Deux internes et trois infirmières sont venus me poser les mêmes questions stupides.

— *You are sure she is here ?*

— *Where did the accident occur ?*

— *What was the name of the ambulance ?*

— *You say : Marise Doucet or Marise Galarneau... Wait here, we will check again but I can't seem to find a file...*

Ou peut-être est-elle morte ? C'est cela : déjà le fourgon de la morgue l'a emportée, on ne garde pas les cadavres longtemps dans des endroits aussi propres. Les nurses au comptoir ricanent entre elles en se racontant des histoires d'homme probablement. Elles mangent des cubes de sucre. Ça doit être du LSD, tout le monde en prend ces jours-ci, pour voir la vie en couleur.

— *Do you wish for a coffee ?*

Elles sont gentilles après tout, elles prennent soin de moi, comme si j'étais leur blessé. Le café est noir, la salle est blanche, le soleil est déjà levé, il va faire humide et chaud toute la journée. La plus jeune des trois est bien tournée, elle me sourit, je lui souris. Nous pourrions partir ensemble, les rues sont molles, mais je saurais ramer. *Lily cup.* Ce sont les mêmes tasses que j'ai au restaurant. Les mêmes.

L'interne revient, il a un dossier dans la main, une bague énorme au doigt, il me fait signe.

— *Well, yes, Marise Galarneau. She had nothing. Nothing at all. She left with Mr. Galarneau around two o'clock this morning.*

— Mais monsieur Galarneau, c'est moi, elle n'a pas pu...

— *She phoned him from the desk, right there. He came and brought her back in his car.*

— *What car?* Quelle sorte d'auto?

— *I don't know.*

H

Jacques habite au douzième étage d'une maison un appartement qui domine la ville depuis la montagne. C'est très chic, l'entrée, plein de fougères géantes, qui mène à l'ascenseur. Une maison de scripteurs, de commentateurs, de call-girls, tous des gens de spectacle. Ils soignent leur façade ; un portier en livrée veut que je passe par-derrière où se trouve l'entrée des marchandises et des livreurs. Avec mon costume de toile blanche, je n'ai pas l'allure d'un visiteur, ni la gueule du frère d'un locataire. Je n'ai aucune envie de discuter, je le fais trébucher, il ne saura jamais d'où me vient cette colère. Je monte. Les portes de l'ascenseur sont silencieuses comme des religieuses au cloître. Le corridor est à peine éclairé, je sonne, ça s'agite là-dedans.

— François !

— Ne vous dérangez pas, je voulais seulement voir.

— Tu ne crois pas ?

— Je ne crois rien, Marise. Qu'est-ce que c'est que cette histoire d'accident ?

— Je ne sais pas. J'ai cru être frappée. J'ai dû

m'évanouir. Alfred a insisté pour que je me rende à l'hôpital.

— En ambulance?

— C'était mon premier tour d'ambulance.

— Pendant ce temps-là, il devait y avoir un blessé qui attendait son tour aussi, un blessé sérieux, grave, qui est peut-être mort par ta faute.

— Je pouvais pas savoir. J'ai pas pensé.

— Tu dramatises tout, François.

— Si je dramatisais, Jacques, tu serais la première victime d'un drame familial. Salut. Tu m'écriras. C'est dans tes habitudes. Adieu Marise.

— François! Tu restes avec nous?

— Oui, reste manger avec nous!

— Y a pas de raisons...

— Pourquoi pas? Tu as faim, mon pauvre vieux, t'as les traits tirés, tu n'as probablement pas dormi de la nuit...

— Je n'ai pas dormi. Vous?

— Tu as toujours eu un sens de l'humour impayable. Si dans ton livre...

— Ne parle pas de ça. Ça n'est plus de tes affaires. Je ne veux plus en entendre parler. C'est à moi.

— Qu'est-ce que tu vas faire?

— Je vais rentrer. Là-bas, Marise a décoré la maison, c'est un peu d'elle qu'il y a sur les murs, je vais tout décrocher lentement. Je vais déshabiller Marise mur à mur, jusqu'à ce qu'il n'en reste plus rien, plus aucune assiette de faïence bleue avec ces paysages hollandais stupides. C'est beau du bleu, tu disais, c'est du ciel dans la maison, c'est de la vie sur mon corps! Et puis les rideaux de dentelle aussi, je vais les brûler ce soir, sur la grève. Je ne sais pas ce que je vais faire, je vais jeter les tapis, je vais aller au bordel, je vais leur donner ta photo pour qu'ils passent une annonce dans le journal.

— François, ça suffit ! Marise...

— Dans trois semaines, tu en auras fait le tour, de Marise. T'es un rapide, toi, t'as de l'instruction, tu sais faire des tours de passe-passe. Va lui cuire des œufs à la coque, c'est ce qu'elle prend le matin après l'amour. Ne lui offre pas de bacon, elle en raffole, mais ça lui donne des boutons. Salut.

Secrétaire chez *Merril Finch Insurance*, la compagnie d'assurance automobile, Marise tapait des lettres sur papier guenille, des copies d'accords acceptés sous la table pour éviter six mois de procès devant les tribunaux. Elle couchait avec l'assistant-gérant, Maurice Riendeau, elle vivait dans des jupes de laine et des blouses de nylon, dans un monde de tapis en twist doré et de filières de métal gris. C'était tous les matins la fleur nouvelle, la rose dans le vase de cuivre, sur le coin gauche du pupitre en teakwood. C'était propre, civilisé, urbanisé.

Elle est venue chez moi, elle a accepté ma façon de vivre, elle m'aimait bien, je crois, mais le tapis mur à mur l'a reprise, comme une maladie qu'elle avait dans le sang, et puis surtout nous avions peu d'argent, et je ne sais pas bien faire l'amour, je veux dire je ne suis pas un champion comme Jacques, je n'ai pas un tempérament de charretier, je n'ai pas de gants de vison pour la caresser, je sens la patate frite, ça ne pouvait durer bien longtemps. Galarneau ! fini les illusions, tu deviens sérieux, rentre dormir, on en parlera demain, demain.

O

Ce matin, les maçons sont arrivés. Pendant que la pelle mécanique gruge les roches et la terre, les ouvriers se sont monté un abri de bois pressé tout à côté. Dans une semaine, nous aurons presque terminé, m'a assuré le contremaître. Demain déjà, ils pourront couler le béton. Puis les murs suivront, en blocs de ciment, nets, propres, gris comme mon âme, rectilignes, droits, secs. Je ne bougerai pas de la maison de tout ce temps. Encore deux jours et je serai emmuré vivant. Pardonnez-leur, ils ne savent pas ce qu'ils font. Demain, septembre ; le froid viendra ensuite, et si je ne suis pas mort de faim, je finirai bien par crever de froid. Ils font le mur en chantant, et puis se racontent des histoires ; ils viennent boire à la cuisine, ils sont vivants. Je les salue bien bas. Ils ne s'étonnent même pas d'entourer le jardin des quatre côtés. Le contremaître leur a dit : c'est un original. Cela leur a suffi.

Quand j'ai quitté Jacques et Marise, je ne savais *vraiment* plus où aller, quoi boire. J'ai fait les bars comme on fait les grands magasins à la recherche d'une aubaine. Dans l'un, j'avalais trois scotch, dans l'autre du rye, au suivant de la bière. Je suis même resté deux heures au

Monocle Bar parce que la barmaid me rappelait, vague-
ment, une fille que j'ai connue enfant, je veux dire...
Doris Day, que j'ai vue au cinéma si souvent : une fille en
santé, avec les joues comme des fesses et un grand sourire
aux yeux. Elle m'a servi scotch sur bière et je me sentais
quand même frais comme une brique de crème glacée. Je
ne pouvais même plus me saouler. Je me suis dit : Très
bien. Très bien. Tu ne vas pas te laisser abattre. Tu vas
faire quelque chose de positif, de *constructif*, Galarneau :
il ne faut pas que Marise l'emporte, ce n'est qu'une petite
partie de toi qu'elle t'a volée, une toute petite partie.
Jacques et Marise ne t'ont pas trahi, ils se sont préférés,
c'est tout, c'est simple, ça arrive tous les jours dans les
meilleures familles. Tu ne vas pas te lancer dans les
rideaux et décrocher les lustres, qu'est-ce que cela te
donnerait, qu'est-ce que ça changerait ? Il faut être
raisonnable, Galarneau, je veux dire : regarde-toi et
réfléchis un peu : on t'arrache le cœur, mais on te laisse le
cerveau. A quoi ça sert, d'ailleurs, un cœur ? A s'attendrir ? A se ramollir ? A s'affaiblir ? A céder ? Tu n'as plus
de cœur, si tu en as jamais eu un ; alors, tu peux te mettre
résolument à faire de l'argent. Monte sur la butte et
regarde l'avenir en face. Tu ne vas pas faire une dépres-
sion nerveuse, comme ils disaient dans *Châtelaine* le mois
dernier ? A ton âge...

J'ai fait des calculs ; j'avais déjà rêvé, quand j'étais avec
Marise, de devenir le roi d'une chaîne de stands — pas
seulement d'un autobus à frites sur le bord d'une route à
l'île Perrot — mais d'avoir quinze, vingt autobus dans la
province, un peu partout. C'est une question d'intelligence et d'organisation, j'étendrais mon royaume à

pourcentage. Je veux dire : pourquoi est-ce que je ne serais pas capable de faire marcher ça ? Je ne suis pas plus bête qu'un autre. J'ouvrirais une école, la première semaine, dans la cour, pour que tous mes concessionnaires sachent faire les mêmes bons hot dogs, les mêmes hamburgers juteux ; j'aurais des spéciaux, *Texas style,* avec des tomates et de la laitue, je n'aurais qu'à surveiller, circuler d'un stand à l'autre ; ça m'éviterait de penser à Marise, je ne verrais plus Jacques parce qu'il y a des limites à ne pas dépasser. Mais on s'écrirait. Je pourrais même engager des Français comme cuisiniers, ils ont bonne réputation je pense. Jacques dit que les Français ne sont pas tellement vivables, parce qu'ils sont cartésiens. Ça n'est pas moi qui dis ça, c'est lui. Moi, je ne sais pas, j'en connais seulement *deux* Français de France, qui ont acheté des maisons ici, dans l'île, et quand ils viennent chercher au stand un " cornet " de frites, je leur vends un casseau de patates comme à tout le monde. C'est des drôles de gens, ils sont toujours pressés, faut que ça saute, ils sont faciles à insulter : il suffit de les regarder — du monde nerveux ; ça doit être à cause de la guerre, nous autres on n'a pas connu ça, ce devait être terrible, les bombardements, l'Occupation, les tortures, la Gestapo. Ils sont difficiles, c'est vrai, mais ils parlent bien, ils ont un accent qui *shine* comme des salières de nickel. Ça se mettrait sur la table à Noël, un accent comme ça, entre deux chandeliers. Je pourrais avoir quatre ou cinq Français sur mes quinze locataires.

J'envisageais un projet d'envergure nationale, non mais, c'est vrai ! nous devons, nous, Canadiens français, reconquérir notre pays par l'économie ; c'est René Lévesque qui l'a dit. Alors, pourquoi pas par le commerce des hot dogs ? *Business is business.* Il n'y a pas de sot métier, il n'y a que de sots clients. Je ne suis pas séparatiste, mais si je pouvais leur rentrer dans le corps aux Anglais, avec mes saucisses, ça me soulagerait d'autant.

Ce sont des idées comme celles-là que je ressassais en buvant. Il me faudrait de l'argent, bien sûr, mais Arthur était là, j'avais confiance, je pourrais le persuader. Arthur est sûrement millionnaire presque ; pour lui ça serait un placement sûr. Il aime les placements sûrs, à force de fréquenter les membres du clergé. Il a fait son cours classique, ça lui donne des sujets de conversation, il est tellement gentil, poli, bien élevé, ne se compromet jamais avec les femmes. Je veux dire : c'est mon contraire exactement, mais c'est mon frère, même si on ne se voit pas souvent.

Arthur est un tel délice pour les curés que ceux-ci l'ont promu, depuis trois ans, malgré son jeune âge, Organisateur en chef des campagnes de charité, à treize pour cent de commission. Il ne faut pas croire que je n'aime pas Arthur ou qu'il ne m'aime pas, mais je vous jure que c'est parfois gênant d'avoir un frère qui se parfume sucré, qui porte un bracelet d'argent, qui tient son hot dog comme si c'était la saucisse qui allait le dévorer. Il ne vient pas souvent à mon stand, je préfère ça parce que ça court vite, une réputation, quand on voit ses amis qui ont l'air de dames de Sainte-Anne toutes de frais rasées. C'est du monde que je préfère ne pas voir trop souvent près de mon comptoir d'arborite *gold-feather.*

Arthur a racheté la maison paternelle dès qu'il a pu le faire — je veux dire dès qu'il en a eu les moyens — il a installé son bureau dans le salon rouge qui sent encore le chocolat. Je suis arrivé chez lui — chez nous — à la fin de la soirée ; je n'étais pas pacté, j'étais ivre tout simplement, je veux dire j'avais perdu le sens des détails, c'est tout.

— François ! Tu as l'air moribond !

— Oui, je suis un peu perdu.

— Va m'attendre dans la cuisine, je termine une entrevue et je t'y rejoins.

— Je veux te voir *tout de suite*.

— Deux minutes et je suis à toi.

Ça me fait toujours un pincement aux poumons quand je viens dans cette maison. Arthur n'a rien touché. Il a repeint, nettoyé, mais autrement rien n'a changé. La cuisine, je l'aurais juré, sentait le poisson.

— Alors, qu'est-ce qui nous arrive ?

Il portait un complet bleu foncé à rayures avec un mignon petit mouchoir rouge dans la pochette ; je le lui ai pris pour m'essuyer la bouche, il n'a pas aimé cela. Je me suis excusé.

— Je suis venu te voir pour affaires.

— Tu veux passer dans mon bureau ?

— Non, si ça ne te fait rien, on peut parler ici. J'ai pas tellement envie de bouger. Sacrement que j'ai marché aujourd'hui !

— Ah...

— Marise m'a quitté.

— Cela ne m'étonne aucunement. Les femmes...

— Je sais, mais, moi, elles me font de l'effet. De toute manière, elle est avec Jacques maintenant.

— Ça ne va pas durer longtemps.

— C'est ce que je lui ai dit.

— Elle ne t'a pas cru?

— Ce n'est pas de ça que je voulais te parler. Toute cette histoire est enterrée aussi profond que la muraille de Chine. C'est fini. J'aurais dû l'étrangler, lui cracher dessus.

— François!

— Je n'en ai rien fait. Je suis resté calme, calme...

— Comme une palme?

— Non. Comme un idiot.

— Tu veux prendre un café?

— Si je peux te parler pendant que tu le prépares.

— Vas-y, je suis tout ouïes.

— Tu parles drôle.

— Quoi?

— C'est Marise qui disait ça de Jacques, le premier soir.

— Tu avais une affaire à me proposer?

— Oui. Voilà. Est-ce que tu pourrais... Non. C'est pas ça. Oui. Pour oublier Marise, je veux faire quelque chose de *constructif*.

— C'est bien. Tu deviens sérieux. Tu vieillis.

— Je veux lancer une chaîne de stands comme celui du *Roi*. Douze, quinze peut-être.

— Où ça?

— Un peu partout. A Trois-Rivières, en banlieue de Montréal, sur la rive sud... Avec les profits annuels, j'en ouvrirais un autre puis un autre. Tu vois, comme les Howard Johnson aux États-Unis.

— Je vois.

— Je voulais que tu me finances.

— Ça rapporterait combien ?

— J'ai fait des calculs cet après-midi, bouge pas. Tiens, regarde : chaque autobus te coûte mille huit cents dollars. Le terrain, disons mille. L'installation de la cuisine, c'est ce qui revient le plus cher : deux mille ; la peinture, les annonces, les lumières... disons six mille, six mille cinq cents dollars.

— Quinze fois ?

— Avec un camion pour faire la navette, ça serait mon travail, disons cent mille, pas beaucoup plus.

— Et les profits ?

— Je peux prendre mon stand de l'île Perrot comme base ?

— Vas-y.

— Trente piastres par semaine ; on reste ouvert six mois : mille piastres par stand.

— Quinze pour cent.

— C'est ça, oui, quinze pour cent. C'est pas mal.

— Tu paies tes concessionnaires ?

— Je n'y avais pas pensé.

— Il ne te reste plus rien.

— Ça m'avait échappé. Stie. T'as raison. C'est pas payant.

— J'aurais aimé t'aider...

— J'en doute pas, Arthur. T'as raison. Il ne reste plus rien. J'ai mal compté.

— Mais non, tu as eu une dure journée.

— Je voulais faire quelque chose de positif, tu comprends.

— Rentre dormir. Tu auras sûrement une autre idée demain.

— Oui. Sûrement.

— Je vais y penser de mon côté. Tu veux que je te
reconduise ?

— Non. J'aime mieux marcher. Ça va me dessoûler.

J'ai marché jusqu'au quai, je me suis déshabillé, j'ai
nagé jusqu'à l'île, j'aurais dû me noyer. Le lendemain, je
suis retourné chercher mes affaires que j'avais cachées
dans une anfractuosité du ciment, avec une pierre dessus.
Un des cahiers était mouillé, mais personne n'y avait
touché. Je suis allé chez le notaire, il m'a promis de
vendre le restaurant ; Dugas a accepté de faire le mur à
crédit, en attendant. Il m'a compris. Je lui ai dit que je ne
voulais plus voir personne. Que je voulais mourir. Il a
répondu : c'est comme tu veux, Galarneau, t'es assez
vieux pour savoir ce que tu veux, si c'est un mur...

T

Aujourd'hui, les blocs de ciment sont à hauteur d'homme, à mi-chemin de ce que j'ai commandé. C'est impressionnant. Je me sens comme une panthère au jardin de Granby ; l'idée m'est venue en regardant la télévision. C'était un vieux film avec Douglas Fairbanks jr ; le baron, pas Fairbanks, le méchant, celui qui faisait souffrir les paysans, qui accumulait de l'or dans son château, le baron faisait emmurer vivants dans son donjon les chevaliers des femmes qu'il désirait. Plus tard, on ne découvrait que des os, le baron avait eu la peau. Je me suis dit : Galarneau, tu vas te clôturer, tu vas vivre face à toi-même, ça t'apprendra. Plus question de rêver, d'ethnographier, de voyager, de chanter : tu vas t'enfermer dans la maison, tu garderas des caisses de biscuits ; quand elles seront vides, tu feras comme Martyr, tu cligneras des yeux en attendant de mourir. Je n'ai pas prévenu Arthur, ni Jacques, seulement je place mes cahiers à la vue, sur le buffet. Comme ça, en lisant mon livre, ils comprendront que je devais faire quelque chose de constructif, comme de construire un mur.

Le plus *constructif* aurait été de me remettre aux études

pour tenter d'aller à l'université, à Montréal. Mais j'ai
beau essayer d'apprendre des choses, ça ne reste pas collé
à mes cellules grises. Je n'ai pas de mémoire. Stie. Un
homme qui n'a pas de mémoire, ça ne doit pas vivre ; un
homme qui ne comprend pas tout ce qu'il lit, ça ne doit
pas vivre ; un homme qui ne gagne pas dix mille dollars
par année, les doigts dans le nez, ça ne doit pas vivre.

Les maçons sur le mur m'appellent. Ils me lancent un
coke et un sandwich. Ils sont gentils. Mais ce sont des
esclaves humains. Je veux dire : quand ils auront fini de
monter les quatre murs de ma petite prison, si Dugas n'a
pas d'autre contrat, ils vont rentrer chez eux et se mettre
sur l'assurance-chômage. C'est pas une vie : une semaine
ils font cent huit piastres ; l'autre, ils en ramassent seize.
J'ai connu ça avant d'acheter *le Roi*, à Montréal : j'étais
dans la construction. Pendant l'hiver soixante-trois, j'ai
vécu entre deux chantiers, comme un misérable. Stie.
Société de pourris ! Aux quatre coins du jardin, je devrais
faire empailler des députés. Je cède mon corps à Léo et
mes yeux à la banque de cornée. Mes yeux vivront dans
une autre tête, ils souriront plus souvent, continueront à
voir les filles en mini-jupes, les bas vivants. Sainte Marie.

— Encore un jour et tu ne pourras plus jamais sortir
d'ici.

Dugas me regarde sérieusement, un cigare droit au
milieu des lèvres, éteint. C'est un homme de ciment,
Dugas ; il connaissait papa, mais refusait de voyager à
bord du *Wagner III*.

— T'es sûr, François, que tu ne vas pas changer d'idée ?

— Je ne changerai pas d'idée. Vous inquiétez pas. J'ai des biscuits sodas, du fromage ; je vais écrire.

— Ton testament ?

— Oui.

— Écoute, François, c'est pas de mes affaires, mais...

— Vous allez me faire un discours longtemps ?

— Bon. Si tu le prends sur ce ton-là...

— Excusez-moi.

— Pas d'offense. Je voulais te dire : demain on travaille de l'extérieur, on ne se verra plus.

— Le plus tôt ce sera fini...

— Je voulais te dire... (Il se promène comme un bloc de ciment sur deux pattes, en boitillant.) Je voulais te dire : je te laisse une échelle, derrière la chède, en cas.

— Je n'en veux pas.

— C'est pas toi qui l'as demandée. C'est les gars qui ont dit : tu laisseras une échelle et tu lui diras : Galarneau, quand tu voudras jouer au black-jack, on sera à la taverne *Canada*. Salut François !

Dugas est monté le long de l'échelle, comme un enfant, parce qu'une de ses jambes refuse de plier, depuis qu'un madrier lui a écrasé la cuisse. Rendu sur le mur, il s'est retourné, m'a fait un signe avec son pouce vers les nuages, puis d'un coup de pied il a repoussé l'échelle vers la maison ; elle est tombée comme il avait dit, derrière la chède à bois. Ça fait une drôle de prison !

D

J'ai dormi comme un as de pique au milieu d'un paquet, j'ai dormi comme à Lévis les premiers jours, lourdement, pesamment. Quand ça ne va plus les yeux ouverts, j'essaie paupières baissées. Je tire les rideaux, je m'efface, bonsoir la visite, je retourne en moi-même, je me mets à l'envers comme un gant de caoutchouc, je m'avale, les os dehors la peau en dedans, pour voir, ça me change la sensibilité de place, le mal aussi ; j'ai dormi sur le sofa, dans mon lit, sur le tapis, dans le hamac que Marise avait tendu entre le poteau de la corde à linge et le saule pleureur. Ça fait riche, un saule pleureur, ça fait grande propriété ; il me manque un garde-chasse, une forêt, un pavillon, un intendant, deux bonnes, un cuisinier, un jardinier aussi ; si je lui coupais les branches il cesserait de pleurer, j'en ferais un saule étêté entêté, un saule à tête dure, un saule de Galarneau. Je suis un ramolli.

Mon mur a l'arête dure et les angles carrés. Moi je me dévore, même si je mange dix biscuits à l'heure, je maigris. Je ne me rattraperai jamais. Ce matin mes souliers étaient trop longs, ma veste trop vaste ; je rapetisse, je crois ; on pourrait me mettre au musée entre deux têtes bouillies. Mais je suis rigoureux, je veux savoir : je me suis mesuré contre le mur de ma chambre (avec une règle sur la tête et un bout de crayon jaune j'ai tiré un trait : je recommencerai tout à l'heure).

C'est bien ce que je craignais. Je me ratatine comme une saucisse bouillie oubliée au fond d'un pot : et c'est à peine si je rejoins les commutateurs électriques maintenant, je ne les touche de l'index que si je me tiens sur la pointe des pieds, comme un enfant. Et l'effet s'accélère : les premiers jours je ne perdais que quelques lignes ; puis un pouce par demi-journée ; aujourd'hui je sens que je vais perdre un pied, je vais perdre pied. Quand je serai haut comme la table, je devrai me résigner, faire un feu peut-être, et m'autodafer. Je retombe en enfance, j'ai six ans, je rêve d'un train électrique, d'un sac de billes marbrées, grosses comme des œufs. Les gens me manquent, j'ai peine à l'avouer, les clients me manquent, les fourneaux me manquent, l'odeur de la route... je me recroqueville, je me confonds avec le mortier du mur, je me sens petit comme un papillon sur un obélisque. Petit Galarneau. Seul. Je vais m'enfouir dans des cahiers. Je ne suis pas un écrivain professionnel, moi, ça me fait mal quand je cherche une phrase, je ne suis pas Blaise Pascal, moi, je n'ai jamais eu de nuit de feu, sauf celle où des petits sacrements en scooter ont tenté de faire brûler mon stand, je ne suis pas La Bruyère, moi, ni d'un autre fromage...

Je suis au pied du mur comme un chien méchant dans le jardin d'une villa déserte, je n'aboie pas : les voleurs ont d'autres soucis que de vider ma tirelire ; d'ailleurs, je n'y accumule que des sous en chocolat. La vie ne serait pas trop désagréable si ce n'était ces maux de tête : on se fait mal à être prisonnier et gardien tout à la fois…

Cher François Galarneau,
Si je t'écris c'est que tu es le seul à qui je puisse parler sans me sentir ridicule ou trahi d'avance ; l'idée ne m'en serait jamais venue quand je vendais des hot-dogs mais me voilà enfermé dans un tombereau à ciel ouvert. Comment est-ce que j'en suis venu à cette extrémité ? Une femme, mon cher François, une femme qui, etc.

Je poste cette lettre dans la salle de bains, ce soir, je la recevrai demain matin ou la prochaine fois que j'irai pisser, c'est simple, j'y répondrai comme dans un courrier du cœur, à toute vitesse.

Cher François Galarneau,
Votre lettre m'a bien touchée et je veux y répondre au profit de nos lecteurs et lectrices qui se trouvent sûrement nombreux comme des poux dans une telle situation. Laissez-moi vous dire tout d'abord que je trouve cette idée d'élever un mur tout à fait charmante et je recommande à ceux qui me lisent assidûment de faire de même à la première occasion ; est-ce que tout n'irait pas mieux dans le monde, dites-moi, si chacun d'entre nous vivait entre quatre murs à l'abri des voisins, des rencontres, des visites, des insultes, des sourires trompeurs, des promesses, des envies ? On vous avait ouvert une porte avec amour, mais cependant que vous vous mettiez avec sérieux à accomplir votre tâche, cette même personne vous a trahi, vous n'avez pas

fait d'histoires, vous avez eu raison ; il ne faut pas faire de drame pour une histoire de culotte. La seule faille, si je puis dire, que je vois dans votre solution de repli, c'est que le mur vous protège, certes, mais aussi il vous sépare, etc.

Parfois c'est signé Jovette, ou Marcelle, je les retrouve dans le Frigidaire, sur le pas de la porte, sous l'oreiller, sous une bouteille de bière.

J'ai honte de moi. Quand je me regarde dans le miroir de la salle de bains j'ai le blanc des yeux honteux comme si j'avais fui le *Titanic* sans penser aux femmes et aux enfants.

Au fond, si j'étais honnête, j'avouerais que j'ai voulu me passer des autres, seul comme Martyr, impassible, me passer d'eux, me laisser mourir... même le crayon est devenu lourd à pousser sur le papier. Si Jacques était là je pourrais lui dicter mes souvenirs, il écrirait, de sa belle écriture ronde, toute drapée dans les pans des *p*, des *k*, des *l*, des *s*,... je veux dire, même haut comme un chat, je pourrais continuer de raconter :

" C'était une nuit comme on en compte deux ou trois chaque été, une nuit à loups-garous sur la rivière, à feux follets derrière la cathédrale, une nuit à embouteiller des mouches à feu, à coucher dans la grange sous la fille du bedeau, à voler des poules et des lapins, à attraper les hémorroïdes, à mouiller ses semelles... "

" Nous sommes au début de juin, quelques semaines après la mort de papa. Aldéric vient me réveiller dans la petite chambre du grenier de l'hôtel *Canada*. Il me secoue :

— Habille-toi sans parler et suis-moi !

Je ne lui ai jamais vu l'air aussi grave. Il a les yeux fixes et globuleux comme s'il suivait l'épée de feu d'un archange, il s'appuie contre le chambranle de la porte, attendant que j'aie fini de lacer mes souliers. Il transpire comme un obèse, moi je frissonne : on n'a pas le sang à la même vitesse. J'enfile un chandail de laine, lui le corridor qui mène à la porte arrière. Dehors l'air qu'on respire est mouillé comme une débarbouillette. Aldéric me regarde :

— Jure-moi de faire tout comme je te dirai
— Si tu veux
— Dis : je le jure
— Bon, je le jure
— Sur la tête de ton père
— Sur la tête de mon père

— D'ici à ce que je te le permette tu ne me quittes plus, tu dois me suivre aveuglément, je répondrai à tes questions plus tard, c'est promis.

— Qui est-ce qu'on s'en va tuer ?

— François c'est sérieux ce que je te demande, c'est grave, c'est important, alors ferme ton nostie de gueule bien gentiment.

— On n'aurait pas pu attendre à demain matin ?

— Non. C'était écrit : il faut une nuit parfaite. C'est celle-ci, viens.

Aldéric se précipite vers la clôture où sont appuyées deux bicyclettes, il s'envole, j'enfourche l'autre derrière lui. Pour un homme de son âge il pédale avec allégresse, en chantonnant un cantique, j'ai un grand-père bedonnant, mais sportif. Nous nous engageons dans le chemin de terre de Senneville, sous le pont. Aldéric traverse le village puis tourne à gauche dans un sentier que je ne connais pas. Ce n'est pas aisé tenir l'équilibre entre les pierres et les mottes de terre, nous sommes à peine éclairés par le pinceau d'une lampe de poche aimantée, collée au fond du panier de sa bicyclette qui ralentit à présent. Je devine pourquoi il était en sueur : il avait dû repérer le sentier avant de venir me chercher. Je bâille, j'ai chaud à mon tour, je tente d'enlever mon pull tout en roulant, mais la roue avant frappe une racine, je bascule, je m'érafle les mains, et même la joue. Aldéric a l'air tout réjoui de me voir saigner. Comme si cela augurait bien, un peu plus il en remercierait le Seigneur. Nous repartons. Cent pieds plus loin, le sentier débouche dans un champ de glaise gluante et molle...

— Déshabille-toi

— Tout ?

— Mets ça dans le panier.

Il se déshabille aussi, nous voilà tous les deux nus comme des chandelles à cinq sous, les orteils écarquillés dans la glaise fraîche. Un sacrement de paysage. Aldéric avance comme un évêque vers un bouleau mort couché plus loin. La glaise est de plus en plus molle puis c'est de l'eau, elle est froide, j'en ai vite à mi-jambe, j'entends des canards qui couaquent dans l'ombre, c'est bien la première fois que je vais à la chasse les mains nues, on aurait pu braconner avec un arc et des flèches, une fois partis. Quand l'eau par hasard est plus chaude, des loches nous glissent entre les jambes, ou des sangsues.

Aldéric a plongé, il nage à toute vitesse comme s'il était Johnny Weissmuller poursuivi par un crocodile, je le rejoins, il nage comme un dieu, la tête hors de l'eau, moi j'ai mal aux bras, pourvu qu'il ne veuille pas traverser à

Oka, ou alors sur le dos, pas à la brasse, grand-papa j'ai pas ton énergie je dors encore, qu'est-ce que c'est que cette folie ? Stie que je suis essoufflé ; nous nageons depuis l'éternité d'une demi-heure quand je le vois s'accrocher à une petite bouée rouge qui a surgi tout à coup de la nuit, je m'y agrippe aussi, il me regarde, ses yeux brillent toujours, il y prend plaisir, je ne vais pas le contrarier, je ferme les paupières, je crois bien que je réussirais à dormir dans l'eau, la tête sur le métal frais de la bouée, j'imaginerais poser ma joue sur la fermeture Éclair de l'oreiller. Je sombrerais, je sombre, j'avale de l'eau, j'étouffe, Aldéric me donne une claque dans le dos, comme le bruit mat d'un poisson qui retombe, puis il repart, revenant sur ses brassées, peut-être a-t-il changé d'avis. Je suis à ses côtés maintenant tout à fait éveillé, nous nageons en cadence, j'ai hâte d'atteindre la berge, de me sécher, l'eau clapote, mes mains la torturent, c'est long l'eau la nuit, nos genoux touchent le fond, c'est gagné.

Aldéric retrouve l'arbre puis les bicyclettes, il fouille dans son panier, en sort une bouteille à cul-bas, un quarante onces de cognac qu'il me tend, j'avale dru, c'est brûlant, il s'en laisse couler dans la bouche, dans le cou, sur la tête, ce n'est sûrement pas une bouteille qu'il a payée de sa poche, elle vient tout droit des tablettes du bar, Aldéric rit, se met au garde-à-vous :

— A part le cognac qui est de mon invention, on a tout fait comme il fallait, donne-moi la main François, te voilà un homme à présent !

— Je ne comprends pas.

— *Comment,* tu ne comprends pas ?

— A quoi on joue ?

— Tu n'as pas compris que tu viens de subir avec succès l'initiation ? J'aurais aimé que ce soit ton père qui t'y soumette, mais il n'a jamais su nager.

— Maintenant qu'il est mort, tu pourrais pas lui sacrer la paix ? Je ne *comprends* pas.

— Dis-moi ce qu'on vient de *faire*.

— Tu m'as réveillé au beau milieu de la nuit pour me faire nager le mille dans l'eau glacée, c'est ça qu'on a fait. Et puis maintenant on est en train de descendre un quarante onces de cognac à deux sans prendre la peine de se rhabiller. On va attraper un baptême de rhume.

— François je peux pas croire que t'es bouché de même. Écoute-moi : nous venons de traverser un grand péril, nous avons ensemble, tous les deux, comme des hommes, nagé à bout de force, nous aurions pu nous noyer, mais nous sommes sortis vainqueurs de l'entreprise, nous avons vaincu le dragon.

— Où est-ce que t'as lu ça ?

— Comment où est-ce que...

— T'as pas inventé ça tout seul, tu as lu ça quelque part et tu...

— C'est dans le *Reader's Digest* en français. " *L'être le plus extraordinaire...* " tu sais ?

— Oui : il y a un être le plus extraordinaire *tous les mois.* Je connais.

— Ce mois-ci celui qui écrivait l'histoire...

— L'auteur...

— L'auteur disait que son père une nuit, quand il avait douze, treize ans, l'avait amené dans un marais qu'ils

avaient traversé à la nage comme ça, pour rien, pour une
initiation... et ça l'avait tellement marqué que...

— Aldéric j'ai pas douze ans, j'en ai seize. Puis t'es pas
mon père.

— J'ai des responsabilités envers les enfants de mon
fils, envers toi surtout, et puis laisse-moi boire un coup.

— Tu crois tout ce que tu lis ?

— ...

— Tu voulais m'initier ?

— Tu ne te souviendras pas de cette baignade ?

— Je ne suis pas prêt de l'oublier

— Alors bois un coup, *j'avais raison...* "

Au fond, ce qui serait honnête, ce serait de remplacer
le mur de ciment par un mur de papier, de mots, de
cahiers : les passants pourraient lire ou déchirer, et s'ils
déchiraient mes pages nous serions enfin face à face ;
écrire, c'est ma façon d'être silencieux. J'enterre Marise
sous les mots, elle ne peut plus respirer, elle a des
adjectifs plein les narines, des verbes, dans les oreilles, la
voilà bien punie, je l'emmène chez Léo, il lui fait une
entaille dans le dos, lui insère un support de métal et la
bourre de mes poèmes des années passées, des poèmes
endoloris, qui ont mal aux pieds, qui ne courent pas loin.
Elle se tient grâce à mes poèmes enfouis sous sa peau
tendue, Léo recoud le tout. Maintenant je puis en faire
d'autres, des joyeux, des rebondissants comme une balle
de crosse contre les murs d'un préau, avec sauts inat-
tendus.

— ... te vends pas ... parce que ... pour rien, point non
plus ... et ... et ce qu'on ... le ferait marque ... rien.
— Même là, on ne devrait pas ... le citer, tout de nos
marques.
— ... Ils reçoivent jadis ... on est les enfants du mort.
Ils sont tous rentrés, et j'ai fait ... une chose ... laquelle
— Tiens à nous ce que ... fou ...

— Tu veux en enfin ... ?
— ... Tu ne penserais dire ... ce que voilà marché ...
— ... Tu as su ... ? tu vas ... de l'oit lui ...
— ... Nous ... chacun, pensa l'aimer tellement ?

...

Aujourd'hui que soit faiblesse, et savait de suspecter
le peuple et espéré voyant un ... la ... ce dernier en cents, de
... chacun ... les ... ses vieux voyait ... lire en dernière ... nos
vêtements nous ... nos ... ses vieux somme la cité une ... tous ...
... c'est une façon d'être cela où ... la ... en être l'autre ... ses
... nous en touché ... là ... la lui parl ... cent vous ... cela ... à ...
... vie-la pas ... la ... ses sens et ... chez ... s'il lui ...
... à faille ... dans ... les ... lui ... la ... les ... s'il ... et ... ...
... sont le une ... la ... de tous ce ... de ... des journée
... ses ... qui ... nous pas pour ... se cité ... une ...
être ... long cas ... à ... des ... espère ... nous en ... ... pour
... à ... sont à tout là-même ... vais en tout tourne ... ce
moment ... des ... ils ... où ... où ... tenons être une façon ...
... un ... ses ... les ... ils d'un tout, ... sous ce ...
...

O

— François Galarneau, je vous avais dit de courir autour du jardin, il faut vous tenir en forme, faire de l'exercice, sans quoi vous allez pourrir et ça va sentir mauvais. Au fait, les déchets...

— J'ai creusé un trou au coin sud, je les enterre à mesure.

— Ce serait bon une tranche de melon, avec ces biscuits.

— Nous pouvons en planter, il y a des graines séchées dans une tasse ébréchée au-dessus du lavabo dans la cuisine.

— Ce sera long avant d'avoir des melons mûrs ?

— Ce sera long.

— Cessez de me répéter.

— Je fais ce que je peux : les questions, les réponses. Vous ne parleriez même pas si je ne le voulais pas. Stie.

— Vous vous révoltez ?

— Vous êtes l'un de mes personnages. Vous dites ce que je veux bien vous faire dire, vous serez gentil si je l'exige. Ce n'est pas comme avec les autres.

— Quels autres ? Je ne connais que vous ici.

— Je parle de ceux de l'autre côté du mur, qui croient qu'ils sont libres parce qu'ils racontent ce qui leur passe par le cœur. Ils ne savent pas qu'ils sont malades. Ils ont la diarrhée des sentiments, et personne pour les soigner. Alors, ils passent de lit en lit, cherchant un médicament.

— De l'autre côté du mur, c'est comment ?

— C'est comme ici, mais en moins harmonieux.

— Je vous trouve l'air blafard.

— C'est l'ombre, c'est à cause de l'ombre du mur, le soleil n'ose pas entrer. Il reste de l'autre côté, il couve les femmes à cette époque, il fait éclore les enfants.

— Si nous entrions regarder la télévision ?

— Je n'en peux plus : même au télé-journal, quand il y a un seul annonceur sur l'écran et que nous sommes en tête à tête, dans une sorte d'intimité, même à ce moment-là, cet imbécile refuse de me répondre. Il ouvre la bouche, dit des mots : Washington, planification, Couve de Murville, Gérin-Lajoie ; il dit *La joie* avec une gueule d'enterrement, puis il reste la bouche ouverte pour écouter l'écho de sa voix. Je refuse de passer une minute de plus devant l'écran si ces messieurs n'acceptent pas de répondre à mes questions.

— Vos questions ?

— Mes questions. J'ethnographie, voilà. Et ça me donne des mots de tête.

Je me sens comme dans un abri anti-atomique que j'avais visité au palais du Commerce l'été dernier. Je veux dire : je n'ai rien à faire. Écrire c'est fascinant, mais ça n'occupe pas toutes mes journées. Je me sens ridicule.

Maudit pays. Les feuilles des érables tombent de ce côté du mur ; j'en ai collé au plafond du salon, j'ai mis trois heures avec de la farine et de l'eau. Ça fait un salon champêtre, je me couche sur le dos, je regarde les feuilles, c'en est qui ne tomberont plus. Ça vaut ce que ça vaut, mais comme ça je triche la saison. Il y a des enfants du village qui viennent tous les soirs : ils lancent des pierres sur le toit par-dessus les murs, ils crient " Galarneau le fou, Galarneau le fou " ; ils m'ont cassé des vitres au grenier.

Le premier soir, je leur renvoyais leurs roches. Mais ça les excitait, ça les encourageait, j'ai cessé. Si j'ai décidé de ne plus voir personne, de ne plus parler à personne, je ne vais pas me mettre à répondre aux voyous. Le pire c'est la télévision. Je veux dire : malgré tout, je la laisse ouverte à cœur de journée jusqu'à deux heures le matin, jusqu'à : *O Canada, God save the queen.* C'est comme si j'étais coupé du monde, sur la planète Mars ou sur un autre astre et qu'on m'avait condamné à regarder la terre dans une lunette. La terre continue à tourner. Le téléphone continue de sonner, mais je ne réponds pas. Ils peuvent toujours essayer. Je compte les coups : il y en a eu jusqu'à vingt-huit en une fois. Un enragé. Le plus incroyable c'est de voir comment à la télévision on continue de m'inviter à acheter des choses, à grand renfort de spots publicitaires ; s'ils savaient que je suis enfermé, ils ne s'épuiseraient pas de cette manière.

La télévision, je me disais, je pourrais la fermer. J'ai essayé. Ce n'est pas possible. C'est la seule voix qui puisse me répondre. Il y avait un appareil aussi dans l'abri anti-atomique. Ils ont raison. Les Américains, ça pense à tout.

C'est un grand peuple, une belle nation. Si j'avais été instruit, je me serais fait américain. Si j'avais été américain, j'aurais été instruit. Puis riche. Marise m'aurait aimé. (Elle a abandonné un pot de peinture bleue, dont elle se servait souvent, sur une tablette de la cave. Je ne l'ai découvert que ce matin. Je vais faire des dessins sur le mur de ciment, comme les hommes des cavernes en faisaient. Je vais peindre des corneilles bleues qui passeront l'hiver ici. Avec les feuilles rousses au plafond, dans le salon, et ces corneilles sur le mur de la cour, *l'hiver ne viendra pas*. Je n'aurai pas froid comme la nuit dernière. C'est intenable, avoir froid, dans un lit.)

Les gars m'attendent peut-être, à l'hôtel *Canada,* pour une petite partie. Je leur jouerais mon mur, ma maison, contre leurs chansons. Un jour, ou bien une nuit, je n'aurai plus de biscuits, ou bien la télé va flancher, et je vais m'endormir sur le tapis, en chien de fusil.

G

— Qu'est-ce que vous dites ?

— Je ne suis rien d'autre qu'une modeste vadrouille, mais quand on me vaporise avec Endust, je deviens un aimant à poussière. Endust est un produit merveilleux qui emprisonne la poussière chargée de microbes et de pollen.

Avec la télécommande, je n'écoute plus que les messages publicitaires, je fais les listes de produits, que m'offrent les filles belles, toutes fraîches comme une pâte à tarte, croustillantes, sensuelles. Les émissions elles-mêmes ne me disent plus rien, les culturelles, les variétés, les reportages, tout est faux ; je sens bien que c'est du décor, de la distraction. Mais les annonces, elles, sont vraies, et commencent de me mieux faire connaître ceux de l'autre côté du mur. Ce sont des gens propres, lessivés, à la recherche de toute tache, d'une pureté merveilleuse, de l'impeccable blancheur, de l'implacable purification. Ils sont comme Jean-Baptiste le Précurseur : ils se lavent tous les jours et se poussent dans l'eau du Jourdain.

— On vaporise, ça nettoie ; on essuie, ça brille.

— Chef, j'ai le nouveau Vanish Spray, pas de retom-

bées granuleuses, pas de rinçage, un seul coup et la saleté s'en va. L'ammoniaque D est puissante :
on vaporise, ça nettoie
on essuie, ça brille !

— J'aime te serrer dans mes bras
lorsque tu emploies l'Aqua-Velva
Oh ! tu es mon Casanova
quand tu emploies Aqua-Velva !

— Vous aurez une journée active ? Un seul désodorisant vous convient, le désodorisant Bleu Glacier, sa protection commence sur-le-champ, il vous laisse confiant toute la journée, lorsque vous êtes le plus actif, quand vous en avez le plus besoin, des heures d'affilée, jusque dans la soirée, rien ne protège comme le désodorisant Bleu Glacier, bâton ou aérosol...

Leur monde est désinfecté, merveilleusement propre. Quand je songe que j'ai vécu dans les taches de graisse, à porter des tabliers maculés ! Il y a tant de détersifs efficaces, on voudrait y plonger tête première.

— Regardez bien comment Crew dissout la crasse en exigeant moitié moins de travail qu'un abrasif ordinaire : il pénètre la saleté et la décolle sans frottage, enfin !

— Une cire à plancher si résistante que vous pouvez la laver au détergent sans enlever le brillant, c'est Bravo. Bravo est extraordinaire pour les cuisines où il y a beaucoup de va-et-vient
Car Bravo a neuf vies
Bravo au lustre durable
Mais attention
Tout le plaisir est pour les blondes
Soyez illuminés

On n'a qu'une vie à vivre : c'est en blonde qu'il faut la
vivre !
Bravo a neuf vies
Mais la meilleure amie d'une blonde
C'est
Un Scottie doux comme un chat
joli comme une marguerite
fort comme Martyr
un Scottie résiste à l'eau
comme un martin-pêcheur, comme un cormoran blanc
qui sort un par un ou plusieurs à la fois
pour plonger
le long des premiers bas de nylon diaphanes
qui ne demandent pas de petits soins
de petits pieds, de petits attouchements
le bas Fascination est garanti
21 jours d'affilée sans échelles
Au restaurant
assises sur mon mur, toutes belles
avec ce bas dont ils ont raccourci
la bande du haut
pour donner de longues jambes
à toute occasion jolies, confortables
Mon fils résiste à tout lavage
Mais il y ont mis du tigre
et de l'éléphant blanc
dans Tide, quelle différence !
Confiez le linge bien sale à Tide
Le nouveau détersif survolté
Si vous consacrez la moitié de votre vie à nettoyer
Monsieur Net est là

Et ça se voit
Vive l'armée !
L'armée des cristaux actifs
les sert à plat ventre
Et tous les gens actifs
les gens alertes, les gens heureux
les gens relaxés
les grands chefs
les téméraires
qui avalent des ingrédients médicamenteux
pour avoir l'intérieur
le dedans
propre et luisant comme une carrosserie
de chez General Motors
sans pellicules sur les épaules
comme le père Tanguay
Mon professeur de Belles-Lettres
qui s'entêtait contre ses pellicules
s'il avait connu Head'n Shoulder
Mon loup
Tu peux trouver la joie
même si tu portes de fausses dents
parce que tu ne connaissais pas Crest
qui prend bien soin des dents (de 21 % à 49 %)
au fluoristan
au cabestan
au firmament
la pomme d'Ève, la pomme d'Adam
le péché innocent comme
une tablette de chocolat
où chaque bouchée dégorge un riche caramel

coulant
d'une douceur et d'un velouté sans pareil
Cadbury
des dents blanches, des vêtements propres
une peau sans odeur
des mains douces et belles, éblouissantes
un corps pur
une vie Immaculée-Conception

Je ne vois pas pourquoi
je resterais
derrière les quatre murs de mon jardin
Ces gens ont ardent besoin que je salisse
leurs antisepsies!

Me revoilà *boy scout,* stie, comme Jacques l'était quand j'avais dix-sept ans et lui vingt, quand nous voulions transformer les choses, croyant que justice et vérité seraient nos jambes, ça m'a repris. Je vais être *constructif.* Je vais me fabriquer une lectrice idéale, une fille comme dans la publicité, avec des yeux marron et des seins gros comme son nez; elle sera mon confessionnal, mon psychanalyste, ma silencieuse, ma dévoreuse, je lui apprendrai la saleté. Elle boira mes mots comme si c'était du Pepsi glacé, elle sourira, deviendra généreuse comme un enfant de cinq ans. Ils m'ont parti dans l'écriture, comme un sacrement de hors-bord aux régates? je vais les éclabousser!

A

— François ! François !
— Vampire, eh ououou...
— François Galarneau !

Arthur et Jacques auront décidé de me faire sortir. Mais ils auront beau klaxonner comme des Grecs à un mariage, ils ne réussiront qu'à m'empêcher de dormir, je ne leur répondrai pas. Ils s'obstineront : j'étais toujours le dernier levé à la maison, ils me secouaient, jetaient mes couvertures par terre, me glissaient un verre d'eau dans le cou ; ils insisteront, je les connais. Quand ils s'y mettent tous les deux, c'est pour gagner. Quand ils feront assez de tapage et que je verrai qu'ils ne veulent pas abandonner et qu'ils m'empêcheront de travailler (parce que je m'étais habitué à un certain silence), j'enfilerai un pantalon, je lancerai l'échelle contre le mur, j'y monterai le cœur battant, pour les voir et parce que ce sera la première fois depuis trois semaines que je céderai à la tentation de regarder par-dessus le mur. Ils seront de l'autre côté, près du fossé, debout, les bras en l'air, criant :

— François ! Regarde ce qu'Arthur t'a acheté !

— Si j'ai mis tant de temps à venir c'est que ce n'était pas facile à réparer !

— Comment es-tu ? Viens, on va faire un tour !

— J'ai même fait repeindre les ailes qui étaient rouillées. Tu as *quatre* pneus neufs : regarde !

Ils auront racheté le restaurant ; Arthur aura certainement appris du notaire que je voulais m'en débarrasser, puis il aura confié à un mécanicien le soin de remettre mon vieil autobus en état de marche, sacré Arthur qui pense à tout, gentil comme Aldéric, qui sait quoi donner, et quand ; *Le roi du hot dog* sur quatre roues, rutilant, pimpant, resplendissant comme un char allégorique au Carnaval de Québec. Jacques montera au volant faire le zouave ; c'était donc ça, le klaxon qu'ils égosillaient.

— Tu descends ?

— Nous allons rester ensemble.

— On ne se quittera plus.

— Allez, viens ! Si tu restes sur ta clôture, il va pleuvoir...

— Fais pas le coq d'Inde !

— Il roule du cinquante à l'heure dans les côtes !

— Prends une valise, nous partons tous les trois.

— Où ça ?

— Voir maman.

— Lui apporter du chocolat.

— Des romans.

— Apporte-lui ton livre, elle sera heureuse.

— J'arrive.

Je retournerai dans la maison éteindre les lampes et la télévision, je fourrai quelques chandails dans un sac, mes jeans, des biscuits, mes cahiers.

— Je passe l'échelle de l'autre côté, aidez-moi.

Ils me prendront dans leurs bras, on s'embrassera en riant, en se donnant des coups de poing, des à-la-vie-à-la-mort, des tous-pour-un, un-pour-Galarneau, des le-roi-est-mort-vive-le-roi ! Puis nous monterons dans le restaurant en courant ; les voisins seront stupéfaits de nous voir partir en chantant, ils reconnaîtront les airs, les chansons de papa qui couvraient le lac certaines fins de jour, qui rebondissaient sur le mur de pierres de l'église, puis retournaient à l'eau.

Il y aura l'autoroute blanche, les lampadaires comme des soldats au garde-à-vous, la tête un peu penchée, parce qu'ils sont là depuis trois ans, attendant que l'on passe en hurlant. Ce sera un festin aussi : nous arrêterons l'autobus en rase campagne, dans la plaine, je me mettrai au fourneau, je leur ferai griller de la viande et des pains ; ils auront pensé à la bière, c'est certain ; nous dévorerons des saucisses assis sur le toit du restaurant, les jambes pendantes, ballantes, regardant dédaigneusement les voitures passer, se défiler parce que leurs conducteurs auront peur de ces hurluberlus qui dansent sur le porte-bagage d'un autobus démodé, sorti tout droit des années folles ou d'un musée. Puis nous reprendrons la route en lançant des serviettes de papier déchirées en confettis par les fenêtres ouvertes. La nuit viendra. A la frontière, à *Rouses Point,* ils fouilleront l'autobus de fond en comble, parce que nous aurons des airs de contrebandiers, de conspirateurs ; puis, quand ils comprendront, les douaniers riront avec nous, je leur offrirai des hot dogs du Québec, ils s'en lécheront les babines : ils savent ce que c'est qu'un vrai hot dog, les Américains. Nous dormirons à tour de rôle sur le plancher, nous remplaçant pour conduire, pour arriver frais et dispos à Lowell, pour que maman trouve ses vampires en bonne santé, fringants, ruants, heureux.

Nous aurons de la difficulté à trouver la maison ; ce sont de petites villes, mais les rues zigzaguent et deux ou trois fois nous aboutirons au même cul-de-sac en colimaçon ; mais un laitier généreux, debout depuis quatre heures, nous dira :

" Suivez-moi, je vous y conduis. "

La maison sera vieille, en bois bien sûr, peint en blanc, volets verts ; sur le perron nous serons discrets mais, en riant, ce sera à qui sonnera le premier. Puis la porte s'ouvrira toute grande : *Mrs Galarneau ? Of course, come in ! Marise ! Some visitors for you.* Maman descendra l'escalier, elle venait à peine de s'endormir ; tenant sa robe de chambre d'une main, l'autre tendue vers nous, les yeux embués, ses grands cils perlés, elle rira, dira : mes grands ! qu'est-ce que vous faites ici ? Je ne vous attendais pas. Quelle surprise ! Votre père est à la pêche, il sera content de vous voir ! Elle aura vieilli, elle aura perdu la mémoire, ses cheveux noirs seront gris, ses joues creuses, ses mains plissées, mais nous lui dirons : Maman, tu n'es pas changée, tu n'as pas changé, nous avions tellement envie d'être avec toi, tous les trois ! Aldéric t'embrasse, il dit qu'il viendra l'été prochain, il doit aller à la mer, vers Cape Cod, il passera te voir, regarde comme nous sommes forts.

— Vous devez avoir faim avec ce voyage, il y a du poisson.

— J'ai un restaurant, maman.

— Toi, François ?

— Arthur et Jacques sont mes aides-cuisiniers, c'est un restaurant ambulant, viens voir.

Elle écartera le rideau de mousseline de la porte d'entrée.

— François, c'est magnifique !

— Et ce n'est pas tout. Tu sais qu'il écrit un livre ? Jacques va l'aider...

U

— *Happy Birthday to you*
  Happy Birthday to you
  Happy Birthday dear Galarneau
  Happy Birthday to you

Je chante faux bien sûr, je n'ai pas le talent de papa, je n'officie pas aux vêpres, mais ça n'est pas une raison pour sauter à pieds joints par-dessus mon vingt-sixième anniversaire : chaque dix-huit octobre qui passe mérite que la terre un instant cesse de tourner. Cela se passe de cette manière : il faut une table, dessus une nappe blanche, des gobelets de carton, du Nectar mousseux Christin, un gâteau de trois étages recouvert d'un crémage moelleux au sirop d'érable. Cette fois-ci préparer le gâteau, ça n'a pas été un voyage de noce, je veux dire j'avais fait des provisions, mais je n'avais pas pensé à ma fête et j'ai dû me contenter de farine de maïs et d'eau ; pourtant, avec de la levure, ça tient maintenant comme un gratte-ciel sur le plateau rose.

Je place le gâteau sur la table, j'y enfonce vingt-six bougies, je me retourne vers le soleil et comme Josué je lui demande : " une minute de silence ". J'allume les bougies, je compte jusqu'à trois et la terre qui s'était arrêtée se remet à tourner avec une telle secousse qu'elle éteint le tout d'un seul souffle, mon vœu le plus cher sera exaucé, *Happy Birthday !*

— Tu m'excuseras Galarneau, mais j'ai cherché dans toute la maison le cadeau à te donner, je n'ai rien trouvé.

— T'as pas cherché bien fort.

— Écoute, sans sortir... fallait trouver quelque chose sur place...

— Justement.

— Justement quoi ?

— Tu viens de le dire, ce qui me ferait plaisir, pour ma vingt-sixième année...

— Je ne vois pas.

— Faire comme les corneilles, escalader le mur, aller danser, tiens comme ça, regarde-moi bien.

— Tu vas casser les chaises.

— Qu'est-ce que ça peut te faire ? Tu ne trouves pas que j'ai déjà l'air idiot de chanter tout seul ? J'ai envie de crier comme Willie Lamothe dans les plaines du farouest, iiioulou ! Et puis, si tu veux que je te dise la vérité, je m'ennuie en nostie, pour un peu je me jouerais les clients, je me commanderais à manger, j'ai besoin de rencontres, de fleurs, d'hommes, mieux vaut être trompé qu'isolé, j'ai envie de parler, d'étreindre, de serrer des mains, de jouer aux cartes, de mentir à quelqu'un...

Je pourrais ne pas faire abattre le mur, je conserverais la maison comme écritoire, je veux dire je parcourrais les rues, j'embrasserais des enfants, je connaîtrais des femmes, je gagnerais des sous, je me pacterais d'un golfe à l'autre, et puis régulièrement, comme un vendeur de

calendrier, je reviendrais m'enfermer ici, écrire, décrire,
rire ce que j'aurais mangé, vécu, espéré, *Happy Birthday
Galarneau* c'est ça qui te rendrait heureux, tu ne vas pas
manger tout ton baptême de gâteau à toi tout seul? Le
gâteau à Galarneau trône sur la table comme les bijoux de
la couronne. Le gâteau à Galarneau a été dévoré hier soir
par mille personnes affamées. Et il en restait encore.

J'ai des visions comme ça, des tas de visions, des rêves
qui se bousculent dans le grenier. Je sais bien que de deux
choses l'une : ou tu vis, ou tu écris. Moi je veux *vécrire*;
L'avantage, quand tu vécris, c'est que c'est toi le patron,
tu te mets en chômage quand ça te plaît, tu te réembau-
ches, tu élimines les pensées tristes ou tu t'y complais, tu
te laisses mourir de faim ou tu te payes de mots, mais c'est
voulu. Les mots, de toute manière, valent plus que toutes
les monnaies. Et ils sont là, cordés comme du bois, dans
le dictionnaire, tu n'as qu'à ouvrir au hasard :

DOMINER : avoir une puissance absolue. fig. l'ambition domine dans son cœur. Se trouver plus haut. Le
chateau domine sur la plaine. Dominer sa colère. S'élever
au-dessus de. La citadelle domine la ville ; se dominer, se
rendre maître de soi...

Tu voyages, tu t'instruis, chaque mot, c'est une histoire
qui surgit, comme un enfant masqué, dans ton dos, un
soir d'halloween ; j'y passe des heures, de surprise en
surprise. Quant à moi, Jacques peut bien garder ma
femme, la bichonner, la dorloter, lui faire des enfants
blonds, les élever, écrire pour la télévision, faire de
l'argent, il ne sait pas ce que c'est qu'un cahier dans lequel
on s'étale comme en tombant sur la glace, dans lequel on
se roule comme sur du gazon frais planté.

Ce midi dix-huit octobre, toutes les feuilles des arbres alentour sont tombées, et celles du salon aussi. *Happy Birthday!* faut naître un jour ou l'autre.

Le soleil d'automne se lève plus tard maintenant, il se couche plus tôt, mais il monte droit devant la maison, comme une perdrix effarouchée. Il s'assied sur le mur, le soleil, il réchauffe notre carré de sol, il me regarde dans les yeux, il s'inquiétait peut-être de me voir lui préférer l'ombre. On ne s'était pas vus vraiment, depuis le départ de Marise Doucet, je le fuyais, mais plus maintenant, je ne le fuirai plus. Je reviendrai m'asseoir ici, à la table d'acajou, pour écrire d'autres cahiers, je vais en acheter dix chez Henault's, on sera deux à se lire, tu peux continuer ton tour de terre, cela va beaucoup mieux, merci (réchauffe Martyr en passant il doit être transi) je te verrai demain, j'emprunte l'échelle de Dugas, je fais un saut à l'hôtel *Canada,* et je m'en vais porter mon livre en ville pour que Jacques, Arthur, Marise, Aldéric, maman, Louise et tous les Gagnon de la terre le lisent... A demain vieille boule, salut Galarneau! Stie.

IMP. BUSSIÈRE À SAINT-AMAND (7-93)
D.L. 2ᵉ TRIM. 1980. Nᵒ 5454-5 (1762)

Collection Points